E-Z DICKENS SUPER-HERÓI LIVRO QUATRO

SOBRE O GELO

Cathy McGough

Stratford Living Publishing

Índice

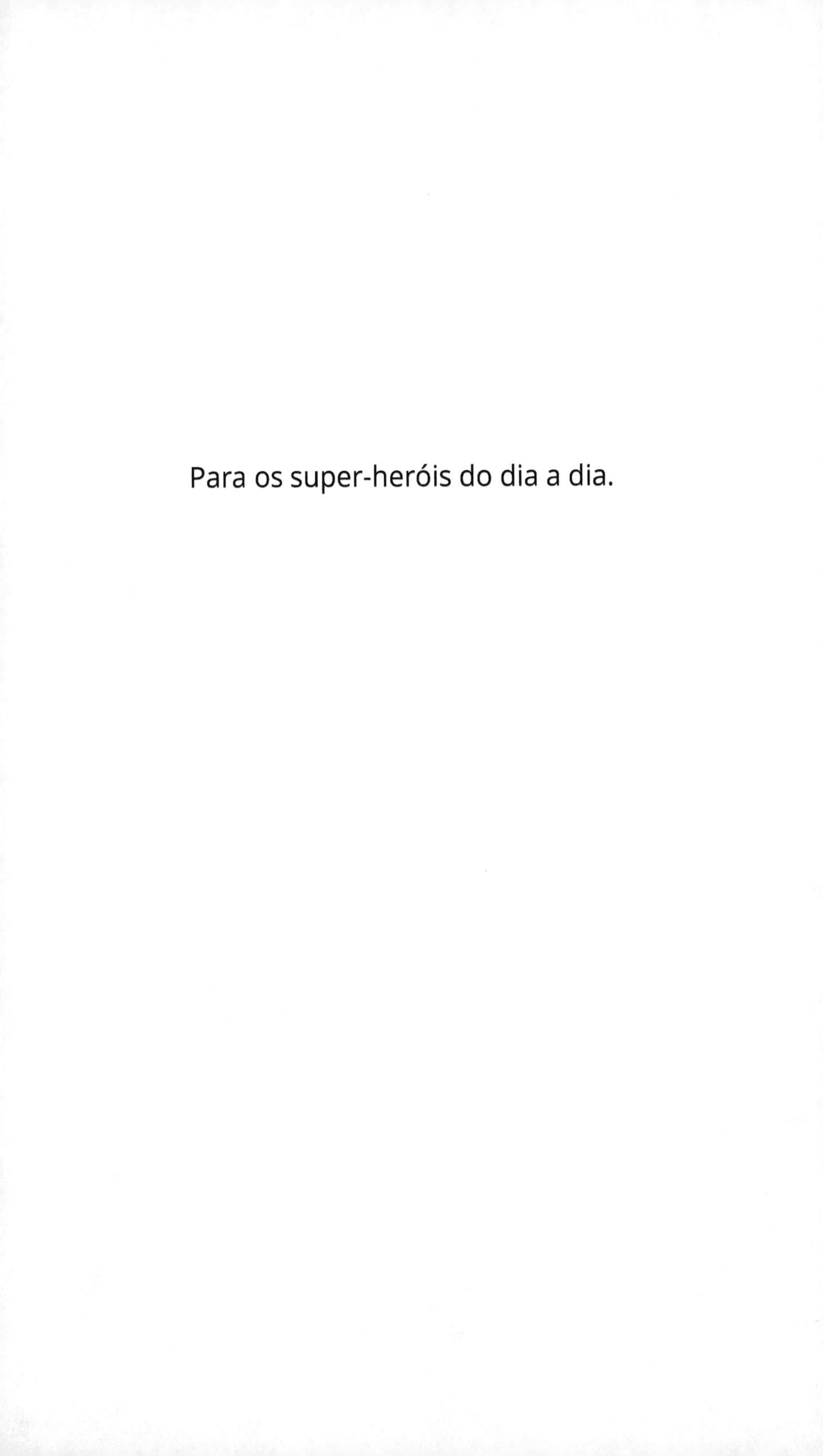

Para os super-heróis do dia a dia.

"Não consegues vencer a pessoa que nunca desiste."

Babe Ruth

PRÓLOGO

O DIA SEGUINTE ERA dia de escola, mas com o fim do mundo iminente, nem E-Z nem Lia tencionavam ir.

"Tenho um pressentimento muito mau", diz Lia.

Era hora do pequeno-almoço e ela e E-Z estavam sozinhos. Sam e Samantha ainda estavam a dormir, assim como os gémeos Jack e Jill.

"Que tipo de mau pressentimento?", perguntou ele, metendo mais cereais na boca.

"Lembras-te de ontem à noite, quando pensei ter ouvido alguma coisa?

"Sim, mas disseste que era falso alarme. Disseste que os sons tinham desaparecido e que tudo tinha voltado ao normal.

"Passou e não passou. É difícil de explicar. Ouvi a Rosalie a chamar-me e depois parou. Não voltou a tentar, por isso pensei que estava tudo bem. Mas agora, estou preocupado porque tentei contactá-la e não consegui. Não responde a nenhuma das minhas mensagens. Acho que devíamos ir ver como ela está.

Só para prevenir. Vai aliviar a minha mente saber. Caso contrário, não vou conseguir fazer nada hoje."

"Talvez esteja a dormir até tarde? Ou ficou sem bateria no telemóvel." Ele acabou o copo de sumo de laranja e afastou-se da mesa. Põe os pratos na máquina de lavar louça.

"Talvez. Mas gostava de a ver na mesma".

"Vamos lá visitá-la, para te tranquilizar", disse ele enquanto chamava um táxi. "Espero que nos deixem entrar. Espero que nos deixem entrar. Afinal, não somos parentes."

Atravessaram a cidade e perguntaram por Rosalie na receção. A mulher perguntou: "Vocês são da família?" Ambos responderam que não. "Senta-te, por favor", disse ela.

"Vês", sussurrou Lia. "Ela parecia cautelosa. Como se estivesse a esconder alguma coisa."

"Sim, eu também vi isso. Mas talvez estejamos a imaginar porque estamos preocupados com a Rosalie. Tudo o que podemos fazer é esperar, e tentar mantermo-nos ocupados. Estamos aqui e não vamos sair daqui até vermos que ela está bem."

Trinta minutos depois, continuavam à espera, cada vez mais inquietos.

Lia levantou-se. "Não posso esperar mais."

E-Z disse: "Espera um minuto. Espera um minuto". Volta a sentar-se. "Vamos dar-te mais trinta minutos antes de nos tornarmos todos malucos com eles."

"O que é que queres dizer com isso?" Pergunta à Lia.

"Oh, esqueço-me sempre que não és daqui. Significa atacar algo com todas as tuas armas em punho. Como último recurso. É uma figura de estilo, claro. Embora alguns trabalhadores dos correios o tenham tomado à letra",

"Aposto que se fossemos adultos, já teriam falado connosco. Às vezes odeio ser criança".

"Tem as suas vantagens", disse E-Z. "Tenta jogar um jogo no teu telemóvel ou ler um livro. Passa o tempo e eles vão ajudar-nos mais se formos pacientes".

"Quem me dera ter trazido os meus auscultadores. Podia ter ouvido as novas músicas da Taylor Swift."

"Toma", disse ele. "Empresta-te os meus."

Passaram mais trinta minutos e E-Z regressou calmamente ao balcão. Lia ficou para trás, a ouvir música. Olha para trás. Ela tinha os olhos fechados. Nem sequer reparou que ele tinha saído.

"Uh, sabes quando é que podemos ver a Rosalie?" perguntou ele.

"Desculpa, mas alguém vai sair para te ver. Ela sabe que estás aqui à espera." A mulher fez um clique no teclado. Quando E-Z não se afastou, fez uma segunda tentativa para o encorajar a fazê-lo. "Falei pessoalmente com a minha gerente. Ela vai sair para falar contigo assim que puder. Por favor, junta-te ao teu amigo". Acena com a mão na direção de Lia, que está ocupada ao telefone.

E-Z voltou para junto de Lia, com relutância. Observa o movimento das pessoas. Alguns eram residentes, empurrando andarilhos. Alguns estavam em cadeiras de rodas, sendo empurrados por assistentes, enquanto outros se movimentavam sozinhos. A maioria dos residentes sorria na sua direção, alguns acenavam. Pergunta-se quantos deles recebem visitas regulares. Esperava que a maioria recebesse.

À medida que as portas se abriam e fechavam, o cheiro do almoço chegava-lhe às narinas e o seu estômago roncava. Pergunta-se que iguarias os residentes irão comer hoje. Talvez peixe e batatas fritas. Talvez uma pequena tarte à la mode. Desejou ter tomado um pequeno-almoço maior quando Lia lhe devolveu os auscultadores.

"Conseguiste acelerar as coisas? Estou a morrer de fome!"

"Eu também e nem por isso. Ela disse que o gerente vem ter connosco em breve, mas não percebo porque é que a Rosalie não vem ter connosco pessoalmente. Qual é o problema?"

"Eu não sinto a presença dela aqui," disse Lia. "É como se tivéssemos sido desligados. A música ajudou a distrair-me durante algum tempo, mas agora estou a pensar nela outra vez e com fome. Não é uma boa combinação".

"Estou a ouvir-te", disse E-Z enquanto uma mulher alta, com um crachá de identificação de Directora Geral, se dirigia para eles e se apresentava.

"O meu nome é Eleanor Wilkinson e sou a Directora Geral aqui. Aperta-lhes a mão. "Sei que vocês são amigos da Rosalie. Já a visitaram aqui antes?"

"Não, nunca cá estivemos", disse Lia. "Mas somos amigos dela, amigos íntimos. E estamos preocupados com ela. Ela não respondeu às minhas mensagens, nem atendeu o telemóvel."

A Sra. Wilkinson disse: "Lamento informar-te, mas a Rosalie morreu durante a noite. Estamos à espera que chegue o teu parente mais próximo. Eles não vivem aqui perto.

"Peço desculpa por te ter feito esperar tanto tempo. Mas precisava de falar com eles antes de falar contigo. Compreende. Compreende que temos regras a seguir.

Lia recostou-se na cadeira e começou a chorar, enquanto E-Z pegou na mão dela e ficaram sentados em silêncio durante alguns segundos antes de ele perguntar: "O que lhe aconteceu?"

"Está a ser investigado", disse Wilkinson. "Desculpa, não te posso dizer mais nada. A não ser que sejas da família. Lamento a tua perda."

"Ela significava o mundo para mim", disse a Lia.

"Como é que a conheceste?" Wilkinson perguntou-te. "Ela era uma grande senhora. Adorada por todos." "Conhecemo-nos através de um amigo", mentiu Lia.

"Interessante", disse Wilkinson, "tendo em conta a vossa diferença de idades."

"Queres dizer, porque eu sou uma criança e ela não? Não era", perguntou Lia com raiva. Levanta-se.

"Desculpa, não te queria chatear. Claro que muitos residentes aqui adorariam ter amigos para conversar. Sobretudo crianças com interesses como os teus, a quem pudessem contar as suas histórias ao vivo. Assim, não serão esquecidos depois de terem partido."

"Nós vamos lembrar-nos sempre da Rosalie," disse E-Z.

"Podemos vê-la, para nos despedirmos?" Lia perguntou.

"Receio que isso esteja fora de questão. Temos procedimentos. Mas se deixares os teus dados, um número de telefone na receção, podemos ligar-te. Para te dizermos quando será a visita e o funeral".

E-Z deixa o seu número de telefone na receção. Estavam prestes a entrar num táxi quando ele se lembrou do livro.

"Espera aqui", disse ele. "Já volto."

Aproxima-se da receção.

"Desculpa, mas não podemos aceitar a morte da nossa amiga Rosalie. Não sem que pelo menos um de nós a veja. A Sra. Wilkinson disse que não podíamos entrar, mas será que posso entrar no quarto? Não vou ficar muito tempo. Então, posso dizer ao meu amigo que vi a Rosalie e posso confirmar que ela já não está connosco? Ela passou por tanta coisa, com a perda dos olhos e tudo. Ficaria mais descansada se tivesse a certeza por alguém que conhece e em quem confia.

"Ah, pobrezinha. Compreendo-te. Vem comigo", disse a mulher. Quando estava do outro lado da secretária, pede a um colega que a substitua. "Volto já", diz.

E-Z seguiu-a até ao coração da residência de idosos. Era luminoso, não era deprimente como ele ouvira dizer que este tipo de casas podia ser, mas era muito sossegado. Provavelmente porque toda a gente estava a almoçar no refeitório. O teu estômago voltou a roncar.

"Estão todos na sala de jantar", disse a mulher como se soubesse o que ele estava a pensar. "É dia de peixe e batatas fritas com gelatina vermelha e chantilly para depois. Uma refeição imensamente popular em que todos querem participar. Noutro dia qualquer, seria impossível deixar-te entrar, porque haveria demasiada gente a vaguear por ali."

"Cheira mesmo bem", diz E-Z. "E obrigado pela tua ajuda, eu, nós, agradecemos muito."

Pára e abre a porta.

"Este é o quarto da Rosalie. Eu espero aqui. Tens dois minutos ou menos se alguém me vir."

"Obrigado mais uma vez," disse E-Z, enquanto a porta se fechava atrás dele. Sentiu um cheiro estranho, como se tivesse havido uma fogueira. Olha para a sala à procura de câmaras. Tanto quanto sabia, não havia nenhuma.

Por baixo do lençol branco, o teu amigo estava coberto da cabeça aos pés. Aproxima-se, lutando contra a vontade de fugir, mas precisando de ter a certeza, de ver com os seus próprios olhos. Puxa o lençol para trás e vê-o cair no chão como um fantasma.

Imediatamente um cheiro assaltou-lhe as narinas. Como um churrasco. Carne queimada. E vê o braço de Rosalie pendurado, coberto de queimaduras e bolhas. O que é que lhe tinha acontecido? Quem lhe tinha feito esta coisa terrível, e porquê?

Afasta a cadeira e olha à volta da sala, que estava imaculada, sem qualquer sinal de fogo. Não pode ter acontecido aqui. Se não foi aqui, então onde foi? Mudaram-na para este quarto, depois?

A mulher que estava à porta bate. "Por favor, despacha-te!", diz ela.

Abre a gaveta da mesinha de cabeceira. Lá estava ele. O livro de que Rosalie lhes tinha falado. Aquele em que ela tinha registado a informação sobre as outras crianças.

"Acabou-se o tempo", disse a mulher.

E-Z enfiou o livro atrás das costas. Carrega no botão para a porta se abrir e voltam para a receção.

"Obrigado", diz ele. "Do meu amigo e de mim. Deste-nos paz. Por favor, avisa-nos quando for o funeral e a visita. Mais uma coisa, reparei que ela tinha queimaduras no corpo. Houve mais algum residente ferido no incêndio?"

"Oh, meu Deus", disse a mulher. "Não sei. Não sei. Não ouvi nada sobre um incêndio. Não vi o corpo; refiro-me à Rosalie. Só me disseram que ela tinha morrido. Não sei nada sobre os pormenores.

"Não faz mal," E-Z tranquiliza-a. "Não te vou dizer nada. Agradeço tudo o que fizeste. Agradeço-te tudo o que fizeste.

"Não houve nenhum incêndio aqui", diz ela. "Que eu saiba, não disparou nenhum alarme. Não chamaram nenhum carro de bombeiros. Eu. Oh, meu Deus."

E-Z acenou e afastou-se do balcão. A mulher continuava a falar sozinha. Pensa que é melhor sair dali.

O condutor ajudou E-Z a sentar-se no banco de trás ao lado de Lia, que o esperava, e depois guardou a cadeira de rodas na bagageira do veículo.

"Demoraste imenso tempo", queixou-se Lia. "O que é isso?

Tenta agarrar o livro, mas E-Z mantém-no na mão. Repara que a taxa do parquímetro já era superior ao dinheiro que tinha consigo.

"Não podias ter evitado. Dei uma espreitadela à Rosalie. E peguei nisto. É o livro de que ela nos falou. Quando chegarmos a casa, vamos vê-lo." Ele sussurrou: "Tens dinheiro?"

Entre os dois, não tinham dinheiro suficiente para pagar o táxi.

"Vais ter de pedir à tua mãe ou ao tio Sam para nos ajudarem", disse ele, quando o motorista parou em frente à casa.

O condutor ajudou E-Z a voltar para a sua cadeira, enquanto Lia corria para dentro. Sai de lá com dinheiro suficiente para pagar a viagem e o condutor arrancou.

"O Sam deu-me o dinheiro."

"Perguntou-te para que era?"

"Não, mas espero que o faça."

Lá dentro, o Sam e a Samantha andavam à volta da cozinha. Tentavam preparar à pressa o pequeno-almoço enquanto os gémeos lhes faziam serenatas com gritos de fome.

"Porque não estás na escola?" perguntou o Sam.

"Eu explico-te mais tarde. Podemos ajudar-te?"

"Não, mas obrigada", disse Samantha. Começa a dar de comer a Jack.

Sam acenou com a cabeça e começou a dar de comer a Jill.

E-Z e Lia foram para o quarto dele e fecharam a porta. Alfred estava a ler o jornal.

"A Rosalie morreu", disse Lia, depois caiu de joelhos e soluçou, enquanto E-Z a abraçava e Alfred corria para o seu lado. Os três abraçaram-se e choraram até não terem mais lágrimas.

"O que é isso que tens aí?" pergunta Alfred.

"Peguei no livro."

Lia pegou nele, depois levantou-se e segurou-o contra o peito como se estivesse a abraçar a amiga, em vez disso viu tudo. Rosalie no Quarto Branco. As Fúrias na Sala Branca com ela. Livros a arder. Estantes caindo. Fogo por todo o lado,

Lia deixou-se cair de joelhos.

"Ela foi tão corajosa. Tão corajosa."

"Viste o fogo?" E-Z perguntou-te. "O que aconteceu?"

"Tu sabias, sobre o fogo?"

Ele acenou com a cabeça.

"Porque não me disseste?" Ela já sabia a resposta à pergunta. Ele estava a protegê-la da verdade. "Quando toquei no livro, vi tudo. A Rosalie estava na Sala Branca. E as Fúrias estavam lá com ela. Queriam que ela lhes contasse sobre nós e as outras crianças. Torturaram-na, mas ela não cedeu."

"Porque é que ela não nos ligou?"

"Ela tentou. Eu não sabia que era uma questão de vida ou morte. Passou, por isso pensei que estava tudo bem."

"A culpa não é tua", disse E-Z.

"Ela morreu sozinha, debaixo das estantes, com livros a arder à sua volta. Não merecia morrer assim. Ninguém merece morrer assim." Ela chorou nas suas mãos.

"Pobre Rosalie," disse ele. "Ela podia ter-me convocado. Já o fez antes. Por que não me convocou?"

"Porque te teria posto em perigo. Ela morreu a proteger-nos."

"Então, as Fúrias tentaram arrancar-lhe os nossos nomes e os nomes das outras crianças, e ela sacrificou-se para nos salvar? Para guardar o nosso segredo. Que mulher espantosa era a Rosalie. Nunca a esqueceremos - nunca," disse Alfred enquanto lutava contra as lágrimas. "Ela merece uma medalha. Uma medalha de honra."

"Espera um minuto, talvez a tenham impedido de nos ligar?" disse E-Z.

"Ela enviou-me um SOS, mas já fez isso antes. Uma vez fê-lo quando acabou o chá no lar e ela queria desabafar. Eu não sabia que esse SOS significava que a vida dela estava em perigo."

"Não podias saber. Não podias saber. Nenhum de nós podia. Não nos podemos culpar." Os três ficaram calados. "Espera um minuto, vamos ver o livro."

"É tudo o que ela nos disse que seria. Uma lista completa, com pormenores sobre todos os miúdos que são como nós. Graças a Deus que as Fúrias não deitaram as mãos a isto!"

"Espera um minuto!" Espera lá!" disse E-Z. Espera lá!" disse E-Z. "A simples ideia de que a torturaram, para descobrir informações sobre nós e os outros - significa que as Fúrias sabem que todos nós existimos. Isso significa que estes miúdos estão lá fora, sozinhos e nem sequer sabem o que está para vir!

"Temos de chegar até eles primeiro. Porque é apenas uma questão de tempo até que - independentemente de como descobriram sobre nós, eles - descubram onde eles estão."

"E se isto for uma armadilha, para nós levarmos as Fúrias diretamente até eles?" perguntou Alfred.

"Acho que eles não sabem onde nos encontrar, senão estariam aqui, não é?" pergunta E-Z. "Quero dizer, eles tinham o elemento surpresa. Ao matarem a Rosalie, deram uma dica. Deixam-nos saber que sabem de alguma coisa... provavelmente para nos chatear porque somos nós que mandamos." "E os outros miúdos?" perguntou Lia. "Como é que vamos chegar até eles, sem darmos as nossas próprias mãos?"

"Hadz? Reiki?" E-Z chamou-te. "Se me consegues ouvir, precisamos da tua opinião e da tua ajuda."

POP.

POP.

"Sabes sobre a Rosalie?" perguntou ele.

"Sim, sabemos, e é uma história triste, triste de se contar", disse Hadz, enxugando as lágrimas com as asas. "Eles torturaram-te aqui na Sala Branca. E como se isso não fosse suficientemente mau - destruíram-na completamente e tudo o que lá estava. Todos aqueles livros lindos e alados - foram-se. Rosalie, desaparece. Desapareceu." Ela não conseguia falar mais por causa dos soluços.

"Pronto, pronto", disse Reiki. "E não é tudo. Não sabemos o que aconteceu à alma da Rosália."

"Espera, o corpo dela está na cama do seu quarto, do outro lado da cidade, na residência de idosos. Talvez a tua alma esteja lá com ela?" perguntou E-Z.

Reiki disse: "Tens alguma coisa selada, fechada, do ar, de tudo? Se sim, por favor, vai buscá-la imediatamente - depois vamos ver se a alma da Rosalie está com ela. Vamos persuadi-la a ir para o contentor - temporariamente - até descobrirmos onde está o Apanhador de Almas dela. Espero bem que as Fúrias não a tenham levado".

E-Z correu para a cozinha, onde Sam e Samantha estavam ocupadas a dar de comer aos gémeos. "Ainda tens aquele termo grande?"

"Sim, está no armário por cima do frigorífico", disse Sam, e depois acenou ao filho.

"Obrigado", disse E-Z, enquanto voltava para o seu quarto. "Achas que isto serve?"

Os dois tiveram de carregar o contentor.

"Espera!" Alfred gritou, mesmo a tempo de os apanhar antes que Hadz e Reiki aparecessem. "Talvez eu possa ajudar-te? Tenho poderes curativos. Leva-me contigo. Deixa-me tentar. Deixa-me tentar, por favor.

POP

POP

FIZZLE

E os três desapareceram, aterrando no quarto da Rosalie.

"Ali está ela," disse Alfred, saltando para cima da cama, com cuidado para não a pisar com as suas patas palmadas. Usando o seu bico, levanta o lençol, enquanto Hadz e Reiki pairam por perto.

"O que é que ele vai fazer? perguntou Reiki.

"Shhhh", disse Hadz.

Alfred coloca o seu bico na testa de Rosália e toca-lhe no coração com uma das suas asas. Não aconteceu nada.

"Deixa-me tentar outra coisa", disse o cisne. Desta vez, paira sobre o corpo de Rosália, com a testa encostada à dela. Mais uma vez nada.

"Tentaste o teu melhor," disse Hadz, "agora precisamos de assegurar a sua alma. Sai, sai de onde quer que estejas."

E, sem mais nem menos, a alma de Rosalie veio na direção deles.

"Estarás segura aqui," disse Reiki, enquanto a alma era levada para dentro do contentor, e depois a tampa foi fechada com firmeza.

POP.

ABRE.

FAZ UM ZUMBIDO.

"Conseguiste ajudá-la?" A Lia perguntou, mas já sabia a resposta pelo olhar do Alfred. Ela abraçou-o, "Tenho a certeza que tentaste o teu melhor."

"Ele fez mesmo," disse Hadz.

"Mas a alma dela está segura, aqui... ninguém deve abri-la. Ela precisa de ser mantida em segurança até que o Apanhador de Almas esteja pronto para a levar."

"Talvez devesses mantê-la contigo?" Disse o Alfred. "E obrigado por me deixares tentar."

No quarto de E-Z, Os Três formularam um plano para reunir as outras crianças. Decidiram que E-Z viajaria para a Austrália, para ir buscar Lachie - também conhecido como O Rapaz da Caixa. Alfred iria para o Japão, onde iria buscar Haruto, o rapaz que tinha sido abandonado na floresta. Por último, mas não menos importante, Lia viajaria pelos EUA para ir buscar Brandy, a rapariga que podia voltar à vida.

As suas missões eram claras - o que iriam fazer quando lá chegassem é que não era. Os Outros eram de idades diferentes, culturas diferentes, línguas diferentes. Alguns precisariam de autorização dos pais, outros não.

"Pergunto-me o que é que a Rosalie lhes terá dito sobre nós?" perguntou Lia.

"Podemos perguntar-lhes, quando os virmos," sugeriu Alfred.

"Entretanto, temos malas para fazer e planos para cumprir. Eu vou para lá na minha cadeira, mas vocês têm opções. Decide o que é melhor para ti e põe o teu plano em ação. Confio que vais tomar a decisão certa e o tempo está a passar".

"Ainda bem que disseste isso", disse Lia, "porque não tenho a certeza se quero ir para lá de avião. Estou a pensar que a Little Dorrit pode ser a melhor opção, mas não tenho a certeza se ela vai gostar. Vai voar para fora com um passageiro, e voltar com dois."

"Eu também não tenho a certeza," disse Alfred. "Eu podia ir para lá de livre vontade, mas, como o Haruto é muito novo, teria de o acompanhar no avião, a não ser que os pais dele também fossem. Além disso, tenho de me preocupar com o mau tempo - e é muito longe."

"Como eu disse, vocês os dois decidem o que é melhor para vocês. Alfred, se decidires ir de avião, pede ao Tio Sam para te tratar dos pormenores."

Os Três prepararam-se para reunir todas as crianças. Depois planeariam - para derrotar aquelas Fúrias malvadas. Mesmo que fosse o último plano que alguma vez fizessem.

CAPÍTULO I
AUSTRÁLIA

E-Z FOI O PRIMEIRO da equipa a deixar a América do Norte. Voando pelo céu na sua cadeira de rodas, desfruta da liberdade que o ar livre lhe permite.

A simples ideia de guardar a cadeira de rodas num avião dava-lhe arrepios. E se ela se perdesse? Ou se fosse destruída? Não valia a pena correr esse risco. O Batman abandonaria o seu Batmobile? Nunca.

Embora tivesse quase a certeza de que teria de apanhar um avião com o Lachie. Não seria correto obrigar o miúdo a voar sozinho. Talvez abrissem uma exceção para ele e o deixassem voar na sua cadeira de rodas? Valeria a pena informares-te. Passa por essa ponte quando lá chegar. Além disso, não queria nem PENSAR na comida da companhia aérea. Graças a Deus, agora tinha uma marmita com ele.

Brinca com as nuvens e, uma ou duas vezes, atravessa-as a direito. Mas tinha de se concentrar. Afinal de contas, a Austrália estava do outro lado do mundo.

As notas de Rosalie sobre o rapaz da caixa não foram tão úteis como ele esperava que fossem. Lê sobre a sua história na Internet. A coisa que mais se destacou para ele foi o facto de o rapaz preferir animais a pessoas. Fazia sentido, depois de tudo o que ele tinha passado.

O pobre miúdo estava tão confuso quando o encontraram que se tinha esquecido de como falar. E-Z sabia que a crueldade existia no mundo, mas isto era indescritível.

E-Z tinha muitas perguntas para as quais esperava encontrar respostas, tais como: onde estavam os pais de Lachie? Quem é que lhe dava de comer e limpava a gaiola? Quem o pôs lá dentro? Quem o pôs lá? Porquê?

O artigo dizia que tinham enviado repórteres para tirar fotografias do rapaz, para ver como ele estava, mas os animais não os deixavam aproximar-se. Mesmo quando tentaram usar uma teleobjetiva. As pegas atacaram e bombardearam-nos. Vê alguns clips de ataques de pegas - parecia algo saído do filme de Hitchcock "Os Pássaros". Por fim, uma das pegas voou com a objetiva do repórter. Depois disso, deixaram o rapaz em paz.

E-Z esperava conseguir ganhar a confiança do rapaz. E que os seus amigos animais também confiassem nele. Caso contrário, a tua viagem seria inútil. Bem, não seria inútil se ele encontrasse e falasse com o rapaz. Será que ele iria querer ajudar os outros, depois da forma como tinha sido tratado? Só o tempo o dirá.

Sobrevoa o Oceano Atlântico. Já tinha feito esta rota antes, e tinha sido onde tinha conhecido Alfred pela primeira vez. O telemóvel no bolso vibrou - olhou para ele e tinha uma mensagem de Lia.

"Só queria que soubesses que vou viajar com a Little Dorrit."

"Decidiste não voar - num avião - afinal de contas?"

"A Little Dorrit apareceu, e está na minha agenda."

"Parece-me um plano." Ele enviou um emoji de polegar para cima.

"Onde estás?", perguntou ela.

"Estou a atravessar o Atlântico. Água, água e mais água."

Desligaram e ele acelerou o passo, atravessando África, onde avistou Robben Island - a prisão onde Nelson Mandela esteve preso durante quase trinta anos.

O estômago ronca, não lhe apetece a sandes que trazia na mochila. Por isso, desce na Cidade do Cabo e espera poder usar o seu cartão bancário para comer qualquer coisa. Vê uma placa de um sítio que vende "Traditional Fish and Chips" com uma bandeira britânica e que aceita cartões bancários. Leva a refeição preparada e voa até ao topo da Lion's Head. Depois de comer a refeição, que estava deliciosa, tira uma selfie e continua a sua viagem.

"Acorda-me daqui a duas horas", disse à sua cadeira de rodas, que vibrou e acelerou. Quando acorda de novo, está a atravessar o Oceano Índico. A enorme população de estrelas à sua volta fê-lo sentir-se menos sozinho. Continua a viagem, sentindo-se triunfante por estar quase lá, quando vê o sol no horizonte a subir no céu para dar início ao novo dia.

Depois, ali estava mesmo à sua frente - a costa da Austrália. Entusiasmado por a ver com os seus próprios olhos, acelerou e avançou em direção a ela. Apercebendo-se de que estava com muita sede, tira da mochila uma garrafa de água, que esvazia. Volta a guardar a garrafa vazia na mochila para a deitar fora mais tarde e, apesar de ainda estar bastante cheio do peixe e das batatas fritas que tinha comido mais cedo, decide comer. Decide comer a sandes de fiambre e queijo que o Tio Sam tinha trazido.

Sobrevoa a Austrália Ocidental e, já sentindo o calor, tira a camisola e guarda-a na mochila. Continua em direção ao Outback, no Território do Norte, perguntando-se onde deveria aterrar quando um pequeno pássaro com penas de tons de azul acentuadas por um anel preto à volta do pescoço voa na sua direção.

"Segue-me, E-Z", disse ela. "Tenho estado à tua procura."

"Uh, o que és tu?" perguntou ele.

"Sou uma fada carriça", disse ela. "Anda, ele está à espera."

Um grupo de abutres acompanha-os.

"Não te preocupes," disse a fada carriça. Não te preocupes," diz a fada carriça. "São os nossos acompanhantes."

Observa a forma única em que se movem as riscas brancas dos abutres de peito preto. Já tinha ouvido falar de poesia em movimento, agora sabia exatamente o que significava essa frase.

Depois avista o rapaz. Estava por baixo deles, a acenar. E-Z acenou-lhe de volta. Tirando o facto de estar sentado nas costas de um pássaro excecionalmente grande, parecia um miúdo como qualquer outro.

"Bem-vindo à Austrália", disse ele. "Vai escurecer em breve, por isso segue-me. E, já agora, podes chamar-me Lachie".

"Prazer em conhecer-te, Lachie! Mal posso esperar para ver mais do teu fabuloso país. Só gostava de poder ficar mais tempo."

"Estas são as florestas da Savana", disse o rapaz. "Respira fundo e vais notar o cheiro do eucalipto."

"Sim, cheira maravilhosamente", disse E-Z.

Continuaram a viajar, através de terras de pedra, sobre as planícies aluviais e os billabongs. Finalmente, chegaram ao seu destino em The Outliers.

"É aqui que eu vivo", disse o rapaz. "O Parque Nacional de Kakadu é o maior parque nacional terrestre da Austrália, com mais de 20.000 quilómetros quadrados de terra. Eu vivo aqui com as plantas e os animais". A fada carriça pousou na tua cabeça. "Oh, estás outra vez cansado", disse o rapaz com um sorriso. Depois para E-Z: "Muitas vezes precisas de boleia".

Quando chegaram a uma zona que se assemelhava a um parque de campismo, o rapaz disse: "Bem-vindo a minha casa".

"Obrigado", disse E-Z. "Apetecia-me mesmo um duche, ou um banho e tenho de fazer chichi."

"Eu cavei uma casota, ali atrás da árvore. Vais estar suficientemente seguro. Depois mostro-te onde fica a cascata, para te limpares."

"Uma cascata, eh? Tens aí algum crocodilo?"

"Há crocodilos... mas já estão habituados a que eu use a cascata. Eu vou contigo pela primeira vez, se quiseres?"

"Não, eu tenho asas e a minha cadeira também. Se ouvires salpicos fortes, voamos para longe!"

"Boa," disse o mais novo. "Paira sobre a água que cai - não aterres - e ficas bem. Entretanto vou buscar alguma comida para o jantar. Se precisares de ajuda, grita e eu vou a correr".

Quando se aproxima da cascata, repara nos sinais - e muitos deles com PERIGO e AVISO. Um deles dizia que havia crocodilos de água salgada e de água doce. Olha para isto.

"Para cima, para o topo!", diz ele à sua cadeira. Entra diretamente na água, com a cara virada para cima, e fica ali sentado a apreciar a água que cai sobre ele e à sua volta. No início, estava fria, mas quando se habituou, ficou bem.

Enquanto olhava em volta, pensou na ema em que o rapaz o tinha encontrado. Parecia estranho que uma ave do seu tamanho - com aquelas asas enormes - não conseguisse voar. Lê na Internet sobre aves que não conseguem voar. Ficou surpreendido por ver kiwis, emus, avestruzes, pinguins, casuares e emas na lista. Lê na Internet que o ADN das ratites tinha mudado e que agora não podiam voar. Sentiu-se um pouco culpado por ele, um rapaz, poder voar quando aqueles belos pássaros não podiam.

Quando estava limpo e com uma roupa nova, voltou para junto do rapaz, que estava ocupado a preparar a refeição.

"Isto é uma ameixa de bode".

E-Z deu uma dentada. Sabe muito bem.

"Esta é uma maçã vermelha do mato e estas são groselhas pretas."

E-Z comeu tudo e adorou.

"Agora que já temos a sobremesa, tenho de preparar o prato principal." O rapaz cavou e cavou, e depois encontrou uma panela que estava demasiado quente para ele manusear. Quando retirou a tampa com um pau, o cheiro do que tinha cozinhado fez crescer água na boca de E-Z.

"Isto são mexilhões", disse o rapaz, pondo alguns numa folha.

"São muito bons. Nunca tinha provado mexilhões".

O sol está a cair do céu. "Está na hora de dormir", diz o rapaz.

"Mais uma vez obrigado por me fazeres sentir tão bem-vindo." E-Z bocejou. Até então, não se tinha apercebido de quanto tempo tinha estado acordado.

"Dormes ali em cima", apontou para uma árvore onde havia uma casa na árvore e uma escada de corda para descer. "Podes voar para cima, e pôr o travão para não te mexeres enquanto dormes. O meu quarto é ali", apontou para outra árvore com uma corda a descer e uma casa na árvore no topo.

"Agora dorme", disse Lachie. "De manhã, resolvemos tudo.

CAPÍTULO II
JAPÃO

O Alfred podia ter sido deixado pelo E-Z a caminho da Austrália. Em vez disso, decidiu voar da forma tradicionalmente humana - num avião.

Foi necessária alguma negociação por parte de Sam para convencer as companhias aéreas a darem um lugar ao cisne trompetista. Quanto mais um lugar à frente em Primeira Classe. Sam usou os seus contactos no trabalho para ajudar Alfred a viajar em grande estilo.

Na cabina, com auscultadores e o seu laço da sorte, Alfred sentiu-se em casa. Estava descontraído e a assistente de bordo era atenciosa. Ainda assim, não vê a hora de chegar ao Japão. E para conhecer o rapaz chamado Haruto.

Alfred tinha a sua mochila guardada por perto e lá dentro tinha alguns petiscos. Espera até ter muita fome para comer os seus sacos de arroz selvagem e aipo selvagem. Juntamente com a comida, tinha uma bateria de reserva para o telemóvel e o cartão de crédito de Sam com uma carta de autorização para ele o usar.

Enquanto olhava pela janela enquanto as nuvens passavam, pensou em Haruto. De acordo com as notas de Rosalie, ele era muito mais novo do que as outras crianças. E ela não fazia ideia de quais eram os seus poderes - assumindo que ele tinha poderes.

O plano de Alfred era explicar tudo aos pais de Haruto primeiro e, com sorte, convencê-los. Depois, entrar em mais detalhes sobre como Haruto poderia ajudar, assim que ele confirmasse sua área de atuação, ou seja, quais poderes ele tinha.

A parte difícil seria convencê-los a deixar o seu filho viajar para o estrangeiro. Pagar não era um problema - Sam disse que ele deveria usar o seu cartão de crédito para isso. Mas convencê-los a deixar que um cisne levasse o seu filho para a América do Norte, isso sim, seria necessário.

Recosta-se no banco e este reclina-se.

"Queres alguma coisa?", perguntou a bonita assistente.

Ainda bem que os humanos já o entendiam. Tornava a sua vida muito mais fácil, já que não precisava de um tradutor.

"Uma chávena de chá seria ótimo", disse Alfred. "Numa tigela", acrescentou. "É difícil meter este bico numa chávena de chá.

A empregada sorriu. Momentos depois, volta com uma tigela, um saquinho de chá, açúcar, leite e outra tigela com água mais fresca. "Para o caso de o chá estar demasiado quente", disse ela.

"Muito atenciosa, de facto", disse Alfred.

Deixa o chá arrefecer e continua a olhar pela janela. É tão bom poder sentar-se e apreciar a vista. Sem teres de te preocupar com grandes rajadas de vento, ou neve, ou chuva, ou predadores.

Finalmente, bebe o seu chá com um pouco de leite e açúcar, e depois adormece.

Acorda com o anúncio de que as assistentes estão a preparar os passageiros para a aterragem. Dormiu durante todo o voo!

Pela janela, vê o aeroporto de Haneda. À volta, vê muita e muita erva fresca para comer. Prova um pouco e guarda o arroz e o aipo para mais tarde.

Mais à frente, vê o contorno da montanha mais alta do Japão - o Monte Fuji. Sam tinha razão, sentar-se no lado esquerdo do avião era o melhor lugar para ver o que era conhecido como o coração do Japão.

"Sabias que há uma plataforma de observação no quinto andar? Talvez consigas ver melhor o Monte Fuji de lá", disse o assistente a Alfred.

"Gostava de ter mais tempo, mas obrigado. Talvez no caminho de volta.

Os assistentes deixam-no sair do avião primeiro. Fazem fila para se despedirem, como se ele fosse uma estrela de rock.

Como Alfred só tinha a sua mala de mão e os cisnes não têm direito a passaporte, sai do aeroporto à procura de um táxi.

Antes da viagem, procurou na Internet como alugar um táxi no Japão. A informação dizia que devia procurar um autocolante vermelho no canto inferior direito do para-brisas dos táxis. Este autocolante vermelho confirmava que o táxi estava disponível para aluguer.

Quando encontrou um com o autocolante, ficou muito contente. Voa até à janela aberta e dá ao motorista um bilhete com o bico. O bilhete indicava o sítio para onde tinha de ir. O condutor é simpático e não se importa de transportar um passageiro cisne. Carrega num botão no volante que abre a porta de trás para que Alfred possa entrar. O condutor fechou a porta e partiram.

Haruto e a sua família viviam na segunda maior cidade do Japão, Yokohama. Embora tentasse apreciar as vistas, incluindo a linha do horizonte, só conseguia pensar em como iria convencer Haruto e a sua família a envolverem-se na luta contra as Fúrias.

O telemóvel na sua mochila vibrou. Pega nele e vê que é uma mensagem de E-Z.

"Estou com o Lachie agora. Como estás no Japão?"

Escreve com o bico, um truque que aprendeu sozinho quando viajou para o Japão sozinho. Também é rápido e não comete muitos erros de digitação.

"Estou quase a chegar a Yokohama, num táxi. Espero chegar a casa do Haruto em breve."

E-Z envia-lhe um emoji de polegar para cima.

O filho de Alfred adorava construir robôs Gundam. Em Yokohama, estava a ser construído um robô gigante. Quando estiver terminado, terá 59 pés de altura, descobriu ao ler sobre o assunto na Internet. O filho teria adorado visitar o Japão para o ver. Desde que eles morreram, Alfred tenta não pensar neles, porque isso o deixa triste. Hoje, no entanto, aqui no Japão, decide ver tudo o que puder, como se a sua família estivesse ali mesmo ao seu lado. A vida era demasiado curta, mesmo sendo um cisne, para estar sempre triste.

O motorista parou à porta de uma casa com jardim, com degraus e flores de ambos os lados do gradeamento. O condutor abre a porta e Alfred sai. Sobe uns degraus, pára e petisca a erva que se encontrava em abundância de ambos os lados da escada. O ar estava fresco e perfumado e o jardim privado na frente da casa era lindo. Quase a chegar ao cimo, repara que a zona da frente da casa era muito convidativa, com uma fonte de água em forma de coruja à esquerda, perto da entrada. No entanto, a própria casa tinha as persianas fechadas como se não estivesse ninguém em casa. Espera que esteja lá alguém para o receber. Apetece-lhe um lanche e um pouco de descanso.

Bate à porta com o bico. Uma voz emana de uma caixa perto do meio da porta, à qual não consegue chegar sem voar - o que faz.

"O meu nome é Alfred", diz.

A porta abriu-se e uma mulher idosa fez-lhe sinal para entrar. Ele seguiu-a, perguntando-se se alguém da equipa teria contactado a família para fazer as apresentações antes da sua chegada.

Continua a segui-la, pois o som dos seus pés palmados a bater no chão de madeira era o único que se ouvia. O interior da casa estava cheio de madeira - e orquídeas perfumadas enchiam o ar. A mulher idosa conduziu-o até à sala de estar, que estava repleta de mobiliário, na sua maioria em pele. As persianas nas traseiras da casa estavam abertas - ele apreciou a vista da vegetação luxuriante do jardim das traseiras. Ela apontou para uma cadeira e ele moveu-se para se sentar nela.

Ainda mal se tinha posto à vontade quando a mulher regressou à sala com um tabuleiro cheio de chá quente fumegante e alguns bolos. Era quase como se ela estivesse à espera dele - ou isso ou as chaleiras demoram muito menos tempo a ferver no Japão.

Atrás dela estava um rapazinho, que se agarrou à sua perna e se escondeu atrás dela. O rapaz tinha a idade certa para ser Haruto, mas depois de ter lido que não se deve chamar um japonês pelo primeiro nome sem autorização. De vez em quando, o rapaz olha para Alfredo e depois volta a esconder-se. Parecia ter quatro ou cinco anos, no máximo, e vestia uma t-shirt do Optimus Prime, calças curtas e chinelos nos pés.

"Gostas do Optimus Prime? perguntou Alfred.

O rapaz sorriu e voltou para o seu esconderijo.

A mulher afasta-o para poder servir o chá.

Alfred tem um tradutor no seu telemóvel. Lê as palavras olá no ecrã e diz: "Kon'nichiwa". Pede desculpa pela sua má pronúncia.

"Ele é britânico", disse o rapaz, e quando ele o fez, a mulher mais velha resmungou.

Alfred foi apanhado de surpresa pela forma como o rapaz falava bem inglês. "Ah, tu falas inglês. E sim, falo. És esperto por teres reparado no meu sotaque".

O rapaz olhou para a mulher antes de falar desta vez. Ela acena com a cabeça.

"O pai e a mãe estão a trabalhar", diz ele. "Esta é a minha Sobo" (que traduzido significa Avó) "e o meu nome é Haruto".

"Olá", disse a mulher, também em inglês. "Devias voltar mais tarde."

"O meu nome é Alfred. Posso chamar-te Haruto?" O rapaz acenou com a cabeça e depois para a mulher: "Como te devo chamar?"

"Sobo", disse ela, "toda a gente me chama Sobo, já que sou a avó do Haruto, sou a avó de toda a gente. Ele fica feliz por me partilhar".

Alfred acenou com a cabeça: "Tenho muito gosto em conhecer-vos."

"Foi a Rosalie que te mandou?", perguntou o rapaz.

"Lembras-te da Rosalie?" Perguntou Alfred. Ficou muito contente por terem esta ligação - embora saber de antemão que Haruto falava inglês o pudesse ter poupado a alguma ansiedade. No entanto, decidiu seguir o conselho da mulher e levantou-se para sair.

"O meu pai trabalha aqui perto", disse Haruto.

"Preciso de encontrar um sítio para ficar. Podes recomendar um sítio aqui perto?"

A avó de Haruto deu a Alfred um endereço com indicações de como chegar lá a pé.

"Vou ligar ao nosso amigo que gere o hotel. Ele ajuda-te a instalares-te e podes ir ter com o meu filho mais tarde ao café."

"Obrigado", disse Alfred.

A caminhada até ao hotel foi curta e ele apreciou o ar fresco. Até provou um pouco de erva japonesa, que sabia bastante bem, e bebeu também alguns goles das fontes.

O quarto era pequeno, mas tinha tudo o que ele precisava, e estava excecionalmente limpo e bem equipado. Na sua mesa de cabeceira estava um candeeiro, com a base em forma de coruja. Liga-o e desliga-o, reparando como os olhos se iluminam. Toma um duche, muda de gravata e dirige-se ao café onde se vai encontrar com o pai de Haruto.

O telemóvel tocou; era novamente uma mensagem de E-Z.

"Como estás no Japão?"

"Bem", respondeu ele, usando o bico para escrever. "Conheci o Haruto e a avó dele. Eles falam inglês. Ele é muito tímido, mas conheceu a Rosalie. Era bastante novo - talvez quatro ou cinco anos. Pode ser difícil convencer a família dele a deixá-lo vir para a América do Norte."

"Rosalie sabia que ele tinha poderes - mas sim, é mais novo do que eu pensava", disse E-Z. "É bom que eles falem inglês. Onde estás agora?"

"Vou a um café encontrar-me com o pai do Haruto. Já agora, acho que a Rosalie não teve tempo para atualizar ou completar as notas sobre o Haruto. Referiu-se a ele como um bebé.

"Não sei até que ponto devemos estar preocupados nesta fase, mas estive a ler na Internet - diz que as Fúrias podem assumir qualquer forma. Só estou a partilhar a informação. Como não as conseguimos reconhecer, se elas descobrirem sobre nós, temos de ter cuidado."

Alfred envia um emoji de polegar para cima.

"Tens de ir agora", diz E-Z.

CAPÍTULO III

SONHOS RUINS

E-Z ESTAVA A DORMIR e acordado. Isto é, conseguia ver o teto por cima da sua cama, sentir o colchão a apoiar as suas costas. E, no entanto, na sua cabeça, três banshees gritavam:

"Diz-nos onde estás!"

"Diz-nos!"

"Diz-nos já!"

"Nãooooooooooooooo!", gritava ele.

Depois, por cima da sua cabeça, no teto, havia um espelho. Mas a pessoa que lá estava, reflectida nele, não era ele próprio. Em vez disso, era o teu tio Sam. E no reflexo, o teu Tio Sam gritava e contorcia-se de dor.

"O Tio Sam está na nossa toca!", gritou a primeira bruxa.

"E nunca mais volta a sair!", gritaram as outras duas em uníssono.

Depois as três começaram a rir como ele nunca tinha ouvido antes. Os sons eram de hiena, guturais, animalescos.

"Fala!", exigiram as bruxas malvadas, e apalparam e cutucaram o Tio Sam como se ele fosse um pedaço de carne a ser preparado antes de ir ao forno.

"E-Z", disse o Tio Sam, com a voz a tremer como se o seu corpo estivesse no seu reflexo. "O que quer que eles queiram, não lhes dês. Não importa o que me façam, não cedas."

"Se lhe fizeres mal", disse E-Z, "eu faço, eu faço..."

"Diz-nos onde estás, onde estão todos eles, e nós deixamo-lo ir," cantaram juntos numa voz que não teria parecido deslocada no Hades.

"Tudo o que precisamos é de uma pista, ou duas," disse o segundo.

"Diz-nos quem é quem", disse o primeiro.

"Ou acabamos com quem tu sabes", disse o terceiro.

Depois riram-se. As vozes deles na tua cabeça, faziam-te doer tanto. Mas ele estava apenas a sonhar. Ele tinha de acordar - AGORA.

"Ahhhhhhhhhhhhhhhhhhhhhhhh!" O Tio Sam gritou.

Mais gargalhadas.

E-Z acordou e apercebeu-se rapidamente que estava na Austrália com Lachie e não em casa, na sua própria cama. Verifica o telemóvel, mas só tem uma barra. Continua a verificar, até ter barras suficientes para ligar ao tio Sam. Para se certificar de que ele estava bem. Que tinha sido um pesadelo e nada mais.

Por baixo da casa da árvore, conseguia ouvir o Lachie a mexer-se. Provavelmente a fazer o pequeno-almoço. Era bom ver a vida do jovem. Como ele se recompôs depois de tudo o que passou. Os humanos eram extraordinários.

O que quer que Lachie estivesse a cozinhar cheirava bem, e a sua primeira inclinação foi voar até lá e contar-lhe o seu pesadelo. Mas algo no fundo da sua mente dizia-lhe para não contar nada a ninguém - por enquanto. Afinal de contas, as Fúrias não podiam saber onde ele vivia. Onde todos eles viviam. Verifica novamente as barras do seu telemóvel - desta vez nem uma barra. Mete-o no bolso e voa para baixo.

"Dormiste bem a sesta?" perguntou Lachie, tirando o líquido de uma panela ao lume para uma tigela.

E-Z aceitou. "Tive um sonho estranho, mas de resto, sim. É agradável lá em cima. Obrigado por teres sido tão prestável".

"Não te preocupes. Há muitos espíritos por aqui. E sons estranhos para ti. Se quiseres falar sobre o sonho, estás à vontade", disse Lachie.

"Talvez mais tarde."

"Está bem, vai em frente e come. Espero que gostes de cogumelos.

"Adoro", disse E-Z enquanto punha uma grande quantidade de sopa quente e vaporosa na boca. "É muito boa."

"Oh, espera um minuto, esqueci-me do amortecedor - é o pão." Abriu uma folha de alumínio que estava no centro da fogueira e rasgou-a em quartos, dando a E-Z a primeira parte.

"Este é o melhor pão que alguma vez provei! Como é que aprendeste a cozinhar assim?

"Alguns habitantes locais ensinaram-me. Ainda bem que gostas".

Sentaram-se em silêncio, enquanto o sol lhes sorria do alto do céu. E-Z tenta não pensar no seu pesadelo. Tira o telemóvel do bolso e volta a verificar as barras. Quase não tem nenhuma. Adorava a tecnologia - quando funcionava.

"Agora que tens a barriga cheia, vamos falar sobre o porquê de estares aqui", disse Lachie. "Acima de tudo, como te posso ajudar."

E-Z não falou, mas voltou a olhar para o telemóvel com o coração cheio de esperança. Lachie não pareceu incomodado com isso, pois estava a arrancar outro pedaço de amortecedor. Finalmente, recompôs-se e concentrou a sua atenção no assunto em questão.

"Desculpa, os meus pensamentos estavam a um milhão de quilómetros de distância."

"Não te preocupes. Queres mais amortecedor?"

"Não, estou bem. Então, gostava de saber, antes de mais, o que é que a Rosalie te contou sobre nós os três. Quero dizer, o Alfred, a Lia e eu."

"Sim, ela contou-me tudo sobre vocês os três. Foi como se ela estivesse aqui comigo, a contar-me uma história de embalar. Quanto mais ela falava, mais eu queria conhecer-te, ajudar-te."

"Fico feliz por saber que gostarias de ajudar. Mas deixa-me explicar-te os pormenores antes de te comprometeres. Não vai ser um caminho fácil para nenhum de nós".

"Não tenho medo de um desafio", disse Lachie. "O que é que a Rosalie te disse sobre mim?"

"Para ser sincero, ela não me disse muito, mas eu li sobre ti na Internet. Chegaste a descobrir o que aconteceu aos teus pais?"

"Não, e nem quero. Sou feliz aqui, autossuficiente. Não preciso de ninguém.

"Toda a gente precisa de amigos", disse E-Z.

"Talvez."

"A Rosalie falou-te das Fúrias?"

"Não, mas ela disse que um dia me irias chamar, quando precisasses da minha ajuda para combater o mal. E mencionou as Fúrias - de quem eu já tinha ouvido falar."

"A sério? O que é que ouviste?" perguntou E-Z.

"Os indígenas, com quem aprendo algo novo sempre que estou com eles, sabem tudo sobre as Fúrias. Eles têm como alvo os originais, tentando puni-los e expulsando-os das suas terras."

"Lachie levantou-se, deitou um pouco de água na fogueira e certificou-se de que estava completamente apagada.

"Eu acredito que o mal tem de existir para que o bem sobreviva - mas tem de haver um código - e eles não seguem um código. Tudo o que fazem é para sua própria auto-preservação e isso não é maneira de viver."

"São palavras sábias, para um miúdo da tua idade", disse E-Z. Depois de as dizer, sentiu-se um pouco envergonhado, como se estivesse a esforçar-se demasiado para ser sábio, sendo o mais velho dos dois. "Acho que deves ter sete ou oito anos, não é?

"Acho que sim, mas quanto à minha idade real não tenho a certeza. Quando me encontraram, não encontraram documentos que o comprovassem. Acho que quando a minha voz começar a mudar, vou ter uma ideia melhor." Riu-se.

"Entretanto, podes escolher a tua própria idade", sugeriu E-Z.

"Tal como eu escolhi o meu nome", disse Lachie. "De qualquer forma, o que quer que precises que eu faça, eu alinho."

"O que está a acontecer com as Fúrias é que elas estão a usar a internet. Sabes o que é a internet, não sabes?"

"Sei. Tens wi-fi na biblioteca. Gosto muito de ler. A mitologia é muito fixe. E ficção científica também."

"As Fúrias estão a usar jogos multijogador online para apanhar os miúdos. A maior parte dos miúdos joga jogos, incluindo eu", diz E-Z.

"Os jogos são uma perda de tempo", diz Lachie. "Foi isso que os professores indígenas me ensinaram. A vida é demasiado curta para a desperdiçares com distracções sem propósito".

"Mas toda a gente gosta de jogos", disse E-Z. "Podia dar-te números a nível mundial, mas o principal é que as Fúrias estão a tirar partido deste fenómeno. É como se todos os miúdos que jogam lhes dessem acesso aos seus corações e mentes."

"Como assim?"

"Para subires de nível no jogo, tens de completar uma lista de tarefas. É a única maneira de avançares no jogo. Se não fizesses o que te é pedido, não faria sentido jogar o jogo. E, no entanto, o que te pedem para fazer é muitas vezes contra a lei na vida real."

"Contra a lei! Como por exemplo?" Pergunta o Lachie.

"Como matar."

Lachie abanou a cabeça.

"É um jogo, por isso fazes o que tens de fazer para passar ao nível seguinte."

"Ok, acho que estou a perceber. O mandato das Fúrias era punir aqueles que cometeram crimes e ficaram impunes. Estão a distorcer esse mandato, para magoar crianças que jogam um jogo imaginário."

"Tens razão, Lachie. Exatamente. E quando os miúdos morrem, eles roubam-lhes as almas."

"Para quê?"

"Já ouviste falar dos Apanhadores de Almas?"

"Não," disse Lachie.

"Quando morres, a tua alma tem um lugar de descanso eterno. Chama-se um Apanhador de Almas. Mas estes miúdos não estão destinados a morrer quando as Fúrias os levam, por isso não há nenhum Apanhador de Almas à espera deles."

"Como é que sabes estas coisas todas?" Lachie perguntou-te.

"Os arcanjos não só me disseram, como me mostraram. Eu estive no meu Apanhador de Almas algumas vezes. Eles convocaram-me para lá. Eu nem sequer sabia como se chamava até tudo isto ter surgido. Não é algo com que os humanos se devam preocupar. A maioria pensa que vai para o céu ou para o inferno".

"Se o teu apanhador de almas estava pronto, e tu és apenas uma criança, porque é que o deles não está pronto?"

"Boa pergunta. Uma em que não tinha pensado antes. Acho que pensei que era uma circunstância especial", disse E-Z. "Mas sei que os arcanjos fizeram asneira. Algo sobre o qual eles não querem falar. Talvez seja por isso que precisam da nossa ajuda, para resolver esta coisa."

"Mas como é que eles estão a fazer isso? É isso que eu não percebo."

"Eles dobraram as regras, na esperança de tomar o controlo de todos os Apanhadores de Almas. Quando morremos, é suposto as nossas almas irem para um que está à nossa espera quando morremos. Não é suposto serem transferíveis. Se eles controlarem todos eles, então todas as almas não terão para onde ir. Isso vai levar a vida depois da morte ao caos. Então, agora que já ouviste tudo - ainda estás dentro?"

"Sim, sem dúvida. Além disso, não há nada melhor para fazer aqui. Eu devia ser uma aventura interessante."

"Para ser cem por cento honesto", disse E-Z, "não vai ser fácil. E tu vais pôr a tua vida em risco com o resto de nós. Mas vamos apoiar-nos uns aos outros.

"Vamos ganhar!"

"Espero bem que sim, mas primeiro, temos de descobrir como vamos lá chegar. O Tio Sam tem alguns bilhetes de avião reservados para nós. O que temos de fazer é ir buscá-los ao aeroporto internacional mais próximo. Ele reservou-os."

"Não precisas!" Disse o Lachie. Não precisas!", diz Lachie. "Eu tenho o meu próprio transporte." Põe os dois dedos na boca e assobia.

Durante alguns minutos não aconteceu nada.

perguntou E-Z.

Lachie ficou muito quieto enquanto as árvores se mexiam e se moviam num sussurro.

A seguir, E-Z ouviu asas a bater. Pelo som, o que quer que estivesse a vir tinha asas gigantescas.

Depois, a criatura atravessou a folhagem das árvores. Não estaria deslocada em nenhum dos filmes do Harry Potter.

"Aquilo é um dragão?" perguntou E-Z.

"É um Aussiedraco", disse Lachie. "Também conhecido como um pterossauro, por isso é local." Ao dragão disse: "Bom dia, companheiro", e foi cumprimentá-lo. A enorme criatura escamosa baixou a cabeça. Lachie fez-lhe festas e depois saltou para as suas costas.

"Vamos, E-Z, de que estás à espera?"

"Uh, eu tenho o meu próprio transporte."

Lachie atirou a cabeça para trás e riu-se.

"RI-TE!"

a criatura juntou-se a ele.

"O nome dele é Bebé", disse Lachie. "Sobe, porque o Bebé quer levar-te a dar uma volta, e o que o Bebé quer, o Bebé consegue."

"Mas a minha cadeira!"

O Bebé esticou o seu longo pescoço e pegou no E-Z. Sem cadeira, atira-o para as suas costas. E-Z agarrou-se a Lachie enquanto o Bebé saltava no ar.

"Cuidado com as árvores!" gritou E-Z.

O Lachie e o Bebé riram-se.

Voaram, sobre quilómetros e quilómetros de areia vermelha.

Em breve, E-Z já não tinha medo.

Sobrevoaram várias formações rochosas, uma das quais parecia o Homer Simpson deitado. De seguida, viram o Uluru, o enorme monólito vermelho.

Passaram o dia inteiro a sobrevoar a Austrália, apreciando as paisagens.

"É melhor voltares", disse Lachie. "Precisamos de uma boa noite de sono antes de irmos para a América do Norte e conhecermos o resto da equipa."

"Parece-me um plano", disse E-Z, agora a gostar cada vez mais da viagem e a desejar que nunca mais acabasse. Não ia cair, tinha asas se precisasse delas - mas de uma coisa tinha a certeza, voar no Baby era a vida.

Só se perguntava onde é que a ia guardar quando voltassem para casa. O dragão era demasiado grande para caber na garagem. Resolveria esse problema quando atravessasse aquela ponte. Talvez se ele e a Pequena Dorrit se tornassem amigos, pudessem dormir juntos?

"Não te preocupes comigo", disse Baby.

E-Z olhou duas vezes para trás.

"Sim, eu consigo ler mentes. Não o tempo todo e nem a toda a gente", disse Baby. "Eu trato dos meus preparativos para dormir. E quanto a Little Dorrit, bem, os Unicórnios e os Dragões não costumam dar-se bem - mas eu estaria disposto a tentar."

Baby deixou-os e voou para a noite.

E-Z lembrou-se do Tio Sam, mas estava demasiado cansado para fazer alguma coisa. Telefona-lhe de manhã. Claro que tudo iria correr bem.

CAPÍTULO IV
PARTIDA DE OZ

Na manhã seguinte, enquanto E-Z e Lachie se preparavam para viajar, conversaram e ficaram a conhecer-se melhor.

"Preciso de recarregar o meu telemóvel e de ligar ao meu tio Sam. Gostava de fazer uma paragem para fazer as duas coisas antes de sairmos da Austrália."

"Não há problema, porque eu também gostava de ir buscar algumas coisas. Podemos fazer tudo ao mesmo tempo. Eu faço as compras, tu carregas o telemóvel e ligas ao teu tio. Tens alguma coisa que eu deva saber?"

"Foi só um sonho estranho que tive. Faz-me querer ir ver como ele está para não me preocupar desnecessariamente."

"É justo," disse Lachie enquanto guardava alguns artigos de cozinha, para que estivessem seguros até ele voltar. "Vou ter saudades deste sítio.

"Eu sei, e dos teus amigos também, mas vais fazer novos amigos e todos te vão fazer sentir em casa. Além disso, estarás de volta antes de dares por isso."

"É isso que me preocupa. E se eu não quiser voltar? E se me habituar a ter pessoas por perto? A ser mimado com comodidades?" Faz uma pausa, quando dois pegas pousam, um em cada um dos seus ombros. As aves bicaram-lhe levemente as orelhas, como se lhe estivessem a sussurrar. Lachie sorriu e eles voaram.

"O que é que eles disseram?" perguntou E-Z.

"Não disseste nada. Só disseram que me adoram e que vão sentir a minha falta." Um corvo voou e pousou no teu ombro. "Este é o meu companheiro Erroll."

"Prazer em conhecer-te, Erroll", disse E-Z. "Como é que vocês os dois se tornaram amigos?"

Lachie riu-se. "É engraçado perguntares isso. Os Erroll's andam por cá há muito tempo. De facto, o avô dele, muitas vezes, foi um animal de estimação de alguém que pode ser teu parente distante. Isto se fores parente de Charles Dickens?"

E-Z inclinou-se, acenando com a cabeça. Lachie tinha agora toda a sua atenção.

"Charles Dickens tinha um corvo de estimação cujo nome era Grip. De acordo com as histórias contadas ao longo dos anos, foi Grip que inspirou Edgar Allan Poe a escrever o seu poema mais famoso, chamado O Corvo."

"Uau, isso é tão fixe!" E-Z exclamou.

"Os pássaros são super inteligentes. Tal como os anciãos indígenas que me protegeram quando cheguei ao Outback. Ensinaram-me a ler e a escrever, a preparar comida. Também me ensinaram a reconhecer e a evitar a flora e a fauna venenosas.

"Todos os dias aprendo alguma coisa com as criaturas que encontro e com quem falo. Dizem que antigamente toda a gente podia falar com os animais - não só eu - mas que algo mudou. Acham que aconteceu nos nossos cérebros, mas o que aconteceu a toda a gente não aconteceu a mim."

"Como é que eles sabiam que eras diferente?"

"Dizem que ouviram falar de mim, quando nasci e quando me tornei o rapaz da caixa. Antes mesmo de eu nascer, os rumores sobre mim corriam o mundo em sussurros. Há muito tempo que esperavam por mim, foi o que me disseram."

"Há quanto tempo?" perguntou E-Z.

"Não quero parecer convencido, mas dizem que Mozart sabia de mim - ele tinha um estorninho de estimação e viveu no século XVII. Isso é mais recente. Antes dele, pode ser rastreado até Virgílio em 70 a.C. Sabias que ele tinha uma mosca de estimação?"

"A sério? Uma mosca - um animal de estimação?"

"Falei com uma mosca do mato que era parente de Virgílio - o seu nome era Leonard, ou Leo para abreviar, e ele confirmou tudo." Lachie pega numa panela e esconde-a nos arbustos, com outras coisas. "Também falei com o parente do papagaio do Andrew

Jackson. O pássaro de Jackson chamava-se Pol - foi um presente para a sua mulher - e era macho, mas como a sua parente era fêmea, chamava-se Polly. Tinha um sentido de humor estranho!"

"Parece-me que sim. Espero que possamos falar mais, mas preciso de te perguntar sobre os teus poderes especiais - e devemos pôr-nos a caminho em breve, isto é, se tiveres tudo guardado em segurança."

Lachie acenou com a cabeça: "Claro que sim. Estou quase pronto. Só precisas de assegurar mais algumas coisas. Entretanto, porque não me falas primeiro de ti?".

"Bem, já me viste a mim e à minha cadeira em ação - sim, podemos voar. A minha cadeira tem poderes especiais, para além de voar também consegue capturar criminosos e tem um gosto por sangue. Somos um par, a minha cadeira e eu, como o Batman e o seu Batmobile".

"Fixe!" disse Lachie. "Mas é um bocado estranho essa coisa do sangue."

"Não desperdices, não queres, não sei quem disse isso, mas a minha cadeira parece concordar. Em vez de o deixar pingar no chão, absorve-o.

"O nosso primeiro salvamento foi uma menina - salvámo-la de ser atropelada por um veículo. Depois salvámos um avião cheio de passageiros. Não me quero gabar e tenho a certeza que já percebeste o essencial. Ao ajudar os outros, descobri que agora sou super forte e a minha cadeira também. Ah, e somos à prova de bala."

"Queres dizer que as pessoas já dispararam contra ti?"

"Sim, já tivemos algumas situações com armas. Agora é a tua vez."

O meu poder mais espantoso é, como já viste, poder falar com qualquer criatura, qualquer uma. De facto, ontem, quando pensaste que estavas a falar com a Bebé, bem, de certa forma estavas, mas se eu não estivesse aqui, ela estaria a falar sem sentido. Ela comunica contigo, através de mim. Sou como uma rede, uma rede de segurança. Posso desligá-la ou abri-la, dependendo do que eu decidir.

"Quando eu estava naquela jaula, os animais costumavam sentar-se lá fora e conversar. Às vezes pensava que estavam a comunicar comigo, mas depois pensava que talvez estivesse a ficar maluco. Uma vez, uma barata voou através das barras da minha jaula e disse que me podia ajudar a sair, se eu quisesse.

"Que nojo, odeio baratas. Mas nunca ouvi falar de baratas voadoras".

"Na verdade, são muito inteligentes e têm um tremendo instinto de sobrevivência - quer dizer, comem qualquer coisa."

"É pena que não tenham comido as pessoas que te puseram naquela caixa." E-Z pensou por um momento. "Porque não o deixaste tentar salvar-te? Quero dizer, não tinhas nada a perder."

"Como diz aquele velho ditado, é melhor o diabo que tu conheces?"

"Já percebi, então não tinhas medo das pessoas que te estavam a prender?"

"Não era bem uma caixa - era uma gaiola. Mas soa melhor se lhe chamarem caixa. Além disso, eles nunca me magoaram. Davam-me de comer e de beber. Substituíam o jornal. E nunca vi quem eles eram, porque usavam máscaras."

"Não percebo porque é que te mantiveram lá, para começar."

"Isso acho que nunca vou saber. E não fiquei por lá para obter respostas quando me deixaram sair."

"Como é que isso aconteceu?"

"Arranjaram-me um quarto na mesma casa. Mandaram uma senhora simpática, para tomar conta de mim. Nunca saí de casa. Era demasiado assustador para mim."

"Conseguiste falar? Quero dizer, se estiveste numa jaula para sempre, então tens memórias de antes? Dos teus pais?"

"Não gosto de falar sobre isso. O passado é o passado. Não o posso mudar. Olho sempre para a frente. Mas eu não nasci numa gaiola. Às vezes penso que me lembro de ir à escola. Mas pode ter sido um sonho. Às vezes é difícil distinguir as duas coisas".

E-Z lembrou-se de ligar ao Tio Sam.

"Então, como é que acabaste aqui, a viver com animais e cem por cento autossuficiente? Suponho que não sentes falta das pessoas?"

"Não podes sentir falta do que não te lembras. No que diz respeito aos animais, não fui eu que os escolhi, foram eles que me escolheram. Vieram cá a casa, como se soubessem que eu já não estava na jaula e esperaram que eu saísse. Eles já sabiam que eu podia falar com eles, compreendê-los - mas eu não sabia que podia, até tentar. Então um mundo inteiro abriu-se para mim e eu tinha de fazer parte dele. Já não estava sozinho. Foi então que se ofereceram para me levar para longe e manter-me em segurança. Agora já estás a par da história da Lachie."

"É uma história espantosa. Então, falas com os animais. Descobriste mais alguma coisa?"

"Bem, sim. Mas é muito recente."

"Fala-me sobre isso."

"É melhor se eu te mostrar."

"Está bem", disse E-Z.

Observa enquanto Lachie se levanta e caminha em direção a um eucalipto próximo. Ficou parado ao lado da árvore por um segundo, depois deu um passo em frente para ficar em frente ao grosso tronco desgastado pelo tempo da árvore. Depois desapareceu.

"O que foi?"

Lachie moveu-se para o outro lado da árvore, depois voltou a encostar-se ao tronco.

"Oh, então és invisível?"

"Não, olha com mais atenção." Afasta-se da árvore. "Continua a olhar para os meus olhos."

E-Z fê-lo, e conseguiu ver os olhos de Lachie no tronco da árvore, mas não conseguiu ver Lachie. "Espera um minuto", disse E-Z. "Já percebi. É camuflagem - és um camaleão. Uau!"

Lachie riu-se, depois voltou para o seu lugar.

"Como é que o descobriste? É um poder muito fixe. Podes misturar-te em praticamente qualquer lugar e nunca ninguém vai saber!"

"Depois de viveres com as criaturas durante algum tempo - sem veres nenhum humano - um dia um grupo de caminhantes passou por aqui. Corri para subir a uma árvore e esconder-me, mas não tive tempo suficiente - por isso parei contra um tronco de árvore e fiquei quieto. Eles passaram por mim, como se eu não existisse. Não conseguia perceber o que se passava. Um pássaro pousou no meu ombro e uma cobra subiu pela minha perna. Eles conseguiam ver-me, mas os humanos não. Foi aí que percebi que era um camaleão."

"Como te sentes? Quero dizer, quando entras em modo de camuflagem?"

"Não sentes nada de diferente. Simplesmente acontece."

"Fixe. Bem, queres saber mais sobre o resto da equipa e quais são as suas capacidades?"

Lachie acenou com a cabeça.

"Vais gostar da Lia. Vais gostar da Lia. Ela tem visão. Tem os olhos nas mãos e consegue ver o agora, a mente de algumas pessoas e consegue vislumbrar o futuro, o que vai acontecer por vezes. Essa parte do seu poder parece estar a aumentar. Claro que também há a questão da idade. Quando nos conhecemos, ela tinha sete anos e agora tem doze."

"Isso é muito fixe", disse Lachie. "E ouvi dizer que a mãe dela e o teu tio Sam estão..."

"Importas-te de ir andando. Só de ouvir o nome do Sam, a minha ansiedade volta a crescer."

"Não te preocupes", disse Lachie. Assobiou e Baby chegou e voaram para a cidade mais próxima, onde Lachie foi buscar algumas coisas, E-Z ligou o telemóvel ao carregador e, quando este ficou suficientemente carregado, ligou imediatamente para o número de Sam.

Não obteve resposta, mas a chamada foi diretamente para o voicemail de Sam. Tenta ligar para o telefone da Samantha e ela atende imediatamente. "Olá, é o E-Z, o tio Sam está disponível?"

"Claro, E-Z, só um segundo." Sussurra um pouco. "Olá, miúda", disse Sam. "Onde estás agora, já sobrevoaste o oceano?"

"Estou só a verificar se está tudo bem contigo", disse E-Z. "Se sim, por favor diz a palavra de código."

"Sponge Bob Square Pants", disse o Tio Sam.

"Oh, graças a Deus", disse E-Z. "Tive um sonho estranho em que as Fúrias te tinham apanhado."

"Ah, temos cá uns amigos e estamos a preparar-nos para nos sentarmos e mergulharmos algumas coisas nos fondues. Temos chocolate com fruta, queijo e legumes e queijo com pão e carne. É uma grande seleção e temos vários tipos de vinho. Os gémeos já estão a dormir".

"Uh, parece-me..."

"Tenho de ir E-Z, vejo-te em breve. Fica bem.

"O meu tio está bem, e eles vão fazer um fondue - parece-me uma festa."

"O que é um fondue?" Pergunta ao Lachie.

"É uma panela onde derretes coisas e depois mergulhas outras coisas nela. Como mergulhar morangos em chocolate e pedaços de pão em queijo. E tens razão, eles agora são casados e tiveram gémeos recentemente, por isso a casa está muito cheia e barulhenta."

"Parece-me delicioso", diz Lachie.

Com o telemóvel de E-Z totalmente carregado e as provisões de Lachie bem guardadas nas costas de Baby, os dois voaram para fora da Austrália. Conversaram enquanto viajavam. Depois de horas sem ver nada de interessante, e com o estômago a roncar, preparam-se para aterrar para comer e ir à casa de banho.

"De qualquer forma, vamos ter de aterrar em breve para almoçar - além disso, já estou cheio de fome! E já agora, dá os parabéns!"

"Obrigado! Podemos parar no Havai para comer cheeseburgers e batatas fritas", sugeriu E-Z.

"Não sabia que os havaianos eram especialistas em hambúrgueres e batatas fritas.

"Eles fazem parte dos EUA, por isso, cheeseburgers e batatas fritas - para não falar dos batidos grossos - são excelentes alimentos tradicionais para experimentares e garanto-te que vais adorar".

"Eu não como carne. As vacas também são pessoas".

"Eles têm uma coisa vegetariana, mas continua a ser um cheeseburger e tu vais adorar. Oh, não tens nada contra beber leite de vaca, pois não?"

"Não, não tenho."

"Muito bem, cadeira e Bebé - vamos até ao restaurante mais próximo que também sirva hambúrgueres vegetarianos", sugeriu E-Z, enquanto o seu estômago roncava.

"Toca a andar!" gritou Lachlan, enquanto Baby procurava um sítio apropriado para aterrar.

CAPÍTULO V
BRANDY

LIA E O SEU unicórnio companheiro de viagem, Little Dorrit, voavam por entre as nuvens.

Lia apreciava os movimentos graciosos mas rápidos do seu companheiro de voo. Juntos inventaram um jogo chamado Salta as Nuvens. Dependendo do tipo de nuvem, saltavam por cima, por baixo ou através dela. Atravessá-las era o mais divertido.

"Adoro quando estamos dentro da nuvem", diz Lia. "Estico a mão para lhe tocar, mas não há lá nada."

"Parece que o centro comercial lá em baixo é para onde vamos", disse a Pequena Dorrit antes de dar um salto triplo, passando por cima, por baixo e depois pela mesma nuvem.

"Weeeeeee!" exclamou Lia.

"Obrigada, obrigada", disse o unicórnio, enquanto apontava para baixo.

"Compras, não é?" disse Lia, enquanto olhava para o local. É um centro comercial grande, com quase um quarteirão de comprimento. "Espero não precisar de muito dinheiro, mas a mãe deu-me o cartão de crédito para o caso de eu precisar.

"A Brandy está no corredor da mercearia, a encher um carrinho para passar o tempo. É melhor despacharmo-nos, senão a mãe dela vai procurá-la em breve", disse o unicórnio.

"Isso é muito fixe, conseguires saber onde ela está assim. Mal posso esperar para a conhecer e para saber mais sobre os seus poderes", disse Lia, envolvendo os braços à volta do pescoço de Pequena Dorrit para se preparar para a aterragem. "Sempre quis ter uma irmã mais velha e esta pode ser a minha única hipótese.

"Assobia quando precisares de mim," disse a Pequena Dorrit, enquanto Lia desmontava, "e eu vou ter contigo aqui mesmo."

Lia entrou no centro comercial através das portas de batente. Viu logo uma rapariga que esperava ser Brandy a empurrar um carrinho na mercearia. Com base na descrição de Rosalie, só podia ser ela.

A rapariga estava vestida de forma casual, com um capuz cinzento. Tinha um fecho parcial, mas suficientemente aberto para revelar uma t-shirt vermelha I Love Music que estava por baixo. As calças de ganga pretas tinham decalques de notas musicais nos bolsos. Os seus ténis de lona eram lidos a condizer com a t-shirt.

Lia observou a rapariga durante alguns momentos, antes de se dirigir a ela. Sente-se um pouco intimidada. Como se estivesse a conhecer uma celebridade. Na sua cabeça, a Brandy tinha estilo e era fixe.

À medida que Lia se aproximava, imaginava que um dia seriam melhores amigas. Iriam juntas ao centro comercial. Faziam compras de roupa juntas. Talvez a Brandy até a ajudasse a escolher algumas roupas americanas novas.

"Para onde estás a olhar, miúda?" A Brandy perguntou num tom que não era muito amigável ou fraternal. Depois, com um golpe certeiro, afasta as mãos de Lia.

"Isso é muito rude", exclamou Lia. "Ninguém te ensinou boas maneiras?" Vira as costas à rapariga fixe. Susteve a respiração, contou até dez, depois virou-se para a encarar novamente. "A Rosalie teria vergonha de ti."

"Conheces a Rosalie?"

"Sim, sou a Lia, e não te consigo ver sem os meus olhos, que estão nas minhas mãos." Lia levantou os braços outra vez.

"Uau!" exclamou Brandy. "Eu pensava que era esquisita, mas miúda, quero dizer, uh Lia, tu és demais." Ela enfiou as mãos nos bolsos. "Mas qualquer amigo da Rosalie é meu amigo."

"Uh, obrigada," disse a Lia. "Queres ir a algum sítio para falarmos?"

"Não posso dizer o que tu e eu temos em comum - para além da Rosalie," disse a adolescente enquanto empurrava o carrinho para a frente, deixando Lia para trás.

Lia lutou contra um soluço, mas conseguiu dizer as palavras: "Precisamos da tua ajuda porque a Rosalie está morta."

Brandy parou e respirou fundo enquanto uma lágrima lhe escorria pela face, que ela virou e afastou. "Segue-me, miúda." Abandonou o carrinho com todos os artigos lá dentro, e dirigiram-se a uma cabine no interior do centro comercial e sentaram-se.

"Bebe um copo de água", diz Lia. "Não ponhas gelo, por favor.

"Vá lá, miúda, vive perigosamente. Ela vai querer uma Root Beer Float - e que sejam duas." Depois de a empregada ter saído, "Vais adorar, não te preocupes. Agora, conta-me mais sobre a razão de estares aqui e diz-me o que aconteceu àquela doce senhora Rosalie."

"Primeiro, o que é que a Rosalie te disse sobre mim, sobre nós?"

"Nada. Eu sabia quem ela era, e sabia que ela estava a olhar por mim. Primeiro pensei que fosse um anjo, porque falava comigo dentro da minha cabeça, como quando eu rezava em criança. Depois apercebi-me que ela era uma pessoa real, tal como eu, e agora está morta. Eu gostava de ajudar a apanhar as pessoas que a mataram - se é por isso que estás aqui, então eu alinho. Engraçado, acho que agora ela é um anjo, que continua a olhar por mim."

"Eu também", disse Lia. "Exatamente."

"Então, como é que aconteceu?" perguntou Brandy. "Se não for um assunto insensível para perguntares. Acho que é sempre melhor falar sobre as esquisitices que fazem de nós o que somos. Se tenho as minhas próprias esquisitices, acredita. Toda a gente tem.

"A minha mãe repreender-me-ia por te fazer uma pergunta tão pessoal. Mas eu gosto de ir direto ao assunto. Sempre tiveste olhos nas mãos? Acho que és perseguida por jornalistas e fotógrafos, as pessoas querem falar contigo, ouvir e contar a tua história para vender revistas e jornais."

"Oh", disse Lia, "a maior parte das pessoas está mais interessada em personagens fictícias de celebridades, como o Harry Potter, do que em pessoas reais. Se o Harry Potter fosse real, as pessoas evitavam-no ou gozavam com ele. No entanto, no seu mundo, ele era o herói, por isso a sua cicatriz tornou-se parte da sua história. Tornava-o mais humano para nós, por isso podíamos identificar-nos com ele. Mas nenhum miúdo se quer destacar, porque neste mundo as diferenças nem sempre são apreciadas.

"É engraçado como nos identificamos e sentimos empatia por personagens de ficção e não reconhecemos os verdadeiros heróis do nosso dia a dia.

"Oh irmão," disse Brandy, "és um pouco chato, não és? É como falar com um miúdo de vinte anos."

"Desculpa," disse a Lia. "Passei dos sete para os dez e para os doze, num curto espaço de tempo. Não tive tempo para me adaptar."

"Não faz mal," disse Brandy. "E, em princípio, concordo contigo, miúda, mas, desde que a Reality Tv chegou ao ar, estamos interessados na vida das pessoas comuns. Ou seja, pessoas comuns mas ricas como os Kardashians. Eu não vejo isso, mas milhões de pessoas vêem".

As bebidas chegaram. Brandy comeu primeiro a cereja no topo da sua, depois perguntou a Lia se queria a sua. Quando Lia disse que não, Brandy tirou-a e meteu-a diretamente na boca. "Bebe um gole. Se experimentares, vais gostar de certeza."

A Lia bebeu um grande gole pela palhinha e a sua cara iluminou-se. "É mesmo bom!" Depois mexe o gelado com a palhinha enquanto pensa no que dizer a seguir.

"Para mim, nasci com olhos que funcionavam bem. Mas um acidente cegou-me e, quando acordei, tinha estes olhos e também tinha aquilo a que chamam a visão. Consigo ver o que as pessoas estão a pensar, foi assim que eu e a Rosalie começámos a falar. O tempo para mim não é como para os outros, mas já há algum tempo que não saltava nenhum ano. Além disso, à medida que o tempo passa, às vezes consigo ver o que me vai acontecer a mim e aos outros, sabes, no futuro."

"Sabias que a Rosalie ia morrer antes de acontecer?"

"Não, não sabia. Vai e vem. Às vezes não funciona de todo. Não é cem por cento fiável. Já agora, não consigo ler a tua mente, caso estejas a pensar nisso."

"Ainda bem. Saber que podias ler a minha mente seria muito assustador," disse Brandy, dando um grande gole que bateu no fundo do recipiente e fez um som de "é tudo pessoal". "Adorava beber mais um, mas não vou beber", disse ela. "O melhor é ter moderação, porque se nos regalarmos com as coisas que achamos que queremos a toda a hora, não as apreciamos tanto."

"És muito sábia," disse a Lia. "Podes ficar com o resto do meu, se quiseres."

"Seria uma pena desperdiçá-lo."

As duas raparigas ficaram em silêncio durante algum tempo até o telemóvel de Brandy vibrar. "A minha mãe está quase a chegar para se juntar a nós."

"Como é que ela sabe onde estamos?"

"Ok, ela tem as suas maneiras, ou seja, um localizador no meu telemóvel."

"E não te importas?"

Não. Desapareci algumas vezes, mas consegui sempre voltar ao centro comercial. Na maioria das vezes, quando vou, ela não faz ideia. Até eu ligar e pedir-lhe para me vir buscar aqui. Normalmente é essa a primeira pista que ela tem, a minha mensagem ou o meu telefonema. Mas a aplicação evita que ela se preocupe comigo. Acho que não é fácil ter uma filha que pode morrer e voltar à vida".

A mãe da Brandy chegou e foram feitas as apresentações. Contaram-lhe as histórias de Rosalie e Lia e puseram-na ao corrente do que tinham discutido até então.

"O que é que vocês as duas estavam a planear?", perguntou. "Parece que estás a tramar alguma coisa."

"É só o excesso de açúcar," disse Brandy, sorrindo. "A Lia ia agora mesmo dizer-me para que é que precisam de mim."

"Então, explicaste a tua situação recorrente?"

"Por pouco tempo. Ainda não tinha chegado a isso, mãe, ela só agora me falou do acidente e da razão pela qual tem os olhos nas mãos."

A empregada de mesa aproximou-se e a mãe de Brandy pediu um café. Volta imediatamente com uma caneca, que enche. Enche a caneca e enche-a. "As recargas são grátis", disse a empregada. "Basta levantares a tua caneca quando estiver vazia, e eu vou já enchê-la outra vez."

"Obrigada", disse a mãe da Brandy.

"Adorava que me contasses", disse a Lia, pondo o cabelo atrás da orelha. Adorava a forma como a Brandy e a mãe se relacionavam. Eram muito próximas; notava-se pela forma como se tocavam. A proximidade fazia-a lembrar-se de todos os tempos em que a mãe trabalhava à noite e aos fins-de-semana e ela tinha de contar com a Hannah, a ama, para tudo. Era diferente agora que estavam aqui e que a mãe estava casada com Sam, mas os novos bebés pareciam ocupar muito do tempo da mãe.

Brandy desabafou: "A primeira vez que morri, era pequena. Foi neste mesmo centro comercial. Num minuto estava morta, no outro estava viva outra vez. Como te disse antes, acabo sempre por vir aqui. É por isso que gosto tanto deste centro comercial".

"Tens piada," disse a Lia.

"Eu adoro fazer compras!"

"Isso é que gostas!" disse a mãe de Brandy enquanto a filha chamava a empregada de volta e pedia um copo de água gelada.

"Pede dois copos de água", disse Lia.

Como já lá estava, a empregada encheu de novo a chávena de café da mãe de Brandy.

Lia sentiu que era agora ou nunca - devia ir direta ao assunto. Estava a ficar tarde e a Pequena Dorrit estava à espera.

"E-Z, que é o nosso líder, está numa cadeira de rodas e consegue salvar pessoas, até aviões cheios de passageiros. Tem super força e velocidade, e tanto ele como a sua cadeira de rodas têm asas.

"O Alfred é um cisne trompetista e tem ESP, além de poder trazer pessoas e criaturas de volta à vida. Incluindo tu, há mais dois miúdos que vamos juntar ao grupo, mais o primo do E-Z, o Charles - por isso somos sete no total."

"Ah, sete sortudos," disse a mãe da Brandy.

Lia continuou: "Depois de ouvires tudo, se concordares em ajudar-nos a combater as Fúrias, a tua vida estará em perigo. São três irmãs malvadas - deusas - que mataram a Rosalie."

"Malvadas, eh? Matar a Rosalie foi um ato de cobardia! Ela nunca faria mal a uma mosca!" disse Brandy.

"Esta informação é pública?" perguntou a mãe da Brandy. "Parece-me tudo muito fictício."

"Porque é que eles fizeram isto?" perguntou a Brandy. "O que é que eles ganham por matar uma velhinha querida como a Rosalie?"

"Estão a usar crianças. Matam crianças", disse Lia.

Tanto a Brandy como a mãe deixaram de beber.

"É difícil de explicar, mas vou tentar o meu melhor. Quando morremos, as nossas Almas são destinadas aos nossos Apanhadores de Almas que nos esperam - o nosso lugar de descanso eterno. Cada um de nós tem o seu Apanhador de Almas único - por isso nunca podemos morrer. As nossas almas continuam a viver. Não é o céu que imaginámos, mas é real, e as Fúrias estão a matar crianças inocentes - e a colocá-las em Apanhadores de Almas que pertencem a outras pessoas.

"Na verdade, quando a Rosalie morreu, ela não tinha para onde ir a sua alma. Felizmente, os nossos amigos Hadz e Reiki - eles são aspirantes a anjos - conseguiram capturar a alma da Rosalie. Eles estão a guardá-la em segurança até eliminarmos as Fúrias e voltarmos a pôr as coisas em ordem com todos os Apanhadores de Almas. Quando as eliminarmos, os arcanjos assumirão o controlo e resolverão a confusão que elas causaram. Tudo voltará ao normal."

"Pensava que os arcanjos eram maus," disse a Brandy. "Como é que sabemos que podemos confiar neles? E porque é que os queremos ajudar?"

"É um pedido muito grande para ti, crianças", disse a mãe da Brandy.

"É uma história muito longa. Uma que te podemos contar, a seu tempo. Mas, neste momento, temos de voltar para a sede. É a nossa casa. Quando estivermos todos debaixo do mesmo teto, podemos explicar-te tudo e arranjar um plano."

"Alinho", disse a Brandy. "Já me tinhas convencido quando disseste que eles tinham matado a Rosalie, mas agora que sei que eles também têm andado a matar crianças inocentes, deixa-me ir a eles." Levanta o seu copo de água e brinda com a Lia.

"Espera," disse a mãe da Brandy, "se os arcanjos não conseguem vencer esta coisa, então como é que eles esperam que vocês, crianças, consigam..."

"Mãe," Brandy deu-lhe uma palmadinha na mão. "Eu não sou como as outras crianças. Parece que somos um bando de inadaptados, com capacidades especiais e eu vou encaixar-me bem. Não é de estranhar que os arcanjos nos tenham pedido para os ajudar.

"A Rosalie juntou-nos a todos para podermos formar uma equipa. Se ela estivesse aqui, estaria connosco na equipa. Agora está connosco em espírito. Juntos seremos uma força a ter em conta.

"Além disso, temos de nos certificar que a Rosalie tem o seu lugar de descanso eterno de volta. Tudo acontece por uma razão, não és sempre tu que me dizes isso?"

"Então, o que é que acontece a seguir?", perguntou a mãe.

"Precisamos de estar juntos e a casa do E-Z é suficientemente grande para todos nós. Os outros e o Charles Dickens - longa história - vão encontrar-se connosco lá."

"Não é O Charles Dickens?"

"O primeiro e único, mas ele só tem dez anos de idade. Chegou e foi descoberto por dois Detectores em Londres, Inglaterra. Foi enviado de volta à Terra por uma razão. Para além do facto de ele e o E-Z serem primos. Ele é um de nós. Juntos, vamos derrotar aquelas irmãs e pôr o mundo de novo em ordem."

"Anda lá!" Disse a Brandy. "A mãe tem a minha mochila no carro, e tem tudo o que é necessário. Tenho sempre uma mochila preparada para o caso de precisares. Já me deu jeito várias vezes. Presumo que a casa tenha máquina de lavar e secar roupa? Ah, e um secador de cabelo?"

"Sim, sim e sim", disse Lia, e depois assobiou.

Brandy e a mãe taparam-lhe os ouvidos. "Para que é que fizeste isso?"

"Vem cá fora e eu apresento-te a minha amiga Pequena Dorrit - ela é um unicórnio - e podes ir buscar a tua mala ao mesmo tempo." Saíram pelas portas e ela apontou para o céu, onde o unicórnio estava a aterrar.

"Espera um minuto," disse a Brandy, "vamos atravessar o país num unicórnio?"

A mãe da Brandy franze o sobrolho. Sentiu-se desmaiar e as suas pernas ficaram como esparguete cozido.

"Anda cá fazer-lhe festas", disse a Lia. "Pequena Dorrit, esta é a Brandy e a mãe dela."

"O teu pelo é lindo e macio", disse a mãe da Brandy.

"Queres uma boleia até ao teu carro?" perguntou a Pequena Dorrit.

"Não, obrigada", disse a mãe da Brandy. Depois, para a filha: "Não sei como vou explicar isto ao teu pai. Talvez devesses vir comigo para casa e, juntas, explicamos tudo e decidimos se podes ir..."

"Eu tenho de ir," disse a Brandy. "É o meu destino." Abraçou a mãe.

"Ajudaria se falasses com a minha mãe?" Lia perguntou e, sem esperar por uma resposta, ligou-lhe rapidamente, explicou a situação e passou o telefone à mãe de Brandy, que conversou com Samantha e depois lhe devolveu o telefone.

Quando deram por si, estavam as três a voar pelo parque de estacionamento, à procura do carro, com as pessoas lá em baixo a buzinar, a tirar fotografias com os telemóveis e a chocar umas com as outras com carros e carrinhos.

"Ali está ele", disse a mãe de Brandy.

A Little Dorrit aterrou e ela deslizou. "Espera aqui que eu vou buscar a mala da minha filha."

Voltou e atirou-a à Brandy. "Obrigada pela boleia", disse ela à Pequena Dorrit. Para a Brandy, disse: "Brandy, telefona para casa. Diário. Como o E.T." Mandou-lhe um beijo. Depois para a Lia, "Foi um prazer conhecer-te."

"A ti também", disse Lia, enquanto Little Dorrit se levantava do chão. "Não te preocupes, vamos manter a tua filha a salvo."

A mãe da Brandy ficou a vê-las voar, até não as conseguir ver mais. Nessa altura, os curiosos do parque já tinham encontrado outra coisa para ver, por isso ela entrou no carro e foi para casa.

Apanha o caminho mais longo para casa. Precisava de pensar como é que ia explicar tudo ao pai da Brandy.

CAPÍTULO VI

HARUTO

Alfred esperou na entrada do café até que o dono, que estava à espera de um novo cliente, o chamou. A avó de Haruto não mencionou que o cliente era um cisne trompetista. Quando o dono viu Alfred, levou-o para uma mesa lá atrás.

Alfred não se importa de estar fora do caminho. Na verdade, preferia que fosse assim, pois havia um sinal que indicava a proibição de animais de estimação - não que os cisnes fossem considerados animais de estimação no Japão ou em qualquer outro lugar do mundo que ele conhecesse.

Enquanto estava sentado calmamente, à espera que o pai de Haruto chegasse, usou o WI-FI gratuito do café e descobriu algumas coisas muito fixes sobre as culturas de café do Japão. Como em Yokohama, havia cafés para amantes de gatos e um para celebrar os ouriços.

Quinze minutos depois, entra um homem no café. Alfred percebeu imediatamente que se tratava do pai de Haruto, pois o homem avançou rapidamente para a sua mesa.

"Naze watashitachiha daidokoro no chikaku ni iru nodesu ka?" pergunta ao dono do café (que traduzido significa: porque é que estamos perto da cozinha?

"Kare wa hakuchōdakara!", disse o dono do café antes de se afastar da mesa (traduzido: Porque ele é um cisne!)

Quando regressou, alguns minutos depois, com um tabuleiro cheio de Bubble Tea, o dono disse: "Mōshiwakearimasen" (que traduzido significa, desculpa.)

"Ī nda yo", disse o pai de Haruto com um sorriso (que traduzido significa: Não faz mal).

O chá do Alfred foi servido numa tigela suficientemente grande para ele enfiar o bico. O chá estava gelado - o que era bom, porque ele não queria queimar a língua nem esperar muito tempo para que arrefecesse.

"Domo arigato gozaimasu," disse Alfred (que traduzido significa: muito obrigado).

"Iie", respondeu o pai de Haruto (que traduzido significa: não fales nisso).

Sentaram-se em silêncio, olhando um para o outro enquanto bebiam os seus chás durante algum tempo.

"Porque estás aqui?" O pai de Haruto perguntou abruptamente. "A minha mulher tem medo que queiras tirar-nos o nosso filho, e não podes ficar com ele. Sim, encontrámo-lo, mas somos os únicos pais que ele conheceu.

"Uau!" Alfred exclamou. "Não vai acontecer nada a não ser que tu queiras. A propósito, o inglês do teu filho é excelente", disse Alfred. "Tal como o teu."

"A lisonja não te vai servir de nada aqui. Como já disse antes, não podes ter o meu filho."

"Se o Haruto nos pudesse ajudar, para salvar o mundo? Continuarias a dizer não?"

"O Haruto é apenas um rapaz. Tu és um cisne. O que é que os rapazes e os cisnes podem fazer que os homens não possam fazer? Não podes ficar com ele." Cruza os braços.

"E se não conseguirmos salvar o mundo, sem a tua ajuda? E se ele nos quiser ajudar?"

"O Haruto não sabe nada da vida. Não te pode ajudar. Encontra o filho de outra pessoa, alguém mais velho. Alguém que tenha nascido para salvar o mundo. Não um rapaz. Não o meu rapaz, Haruto. Nem hoje, nem amanhã, nem nunca."

"E se o deixássemos decidir?" Disse o Alfred. "Depois de te explicar tudo."

"Conta-me tudo agora. E eu decidirei o que ele deve saber. Mas primeiro, deixa-me perguntar-te - o que te faz pensar que um rapazinho como o meu filho te pode ajudar?"

"Achamos que, como todos nós, ele tem dons, dons únicos. Não é como as outras crianças, pois não? Quando a Rosalie falou nele, ainda era um bebé.

Será que envelheceu mais depressa do que as outras crianças?"

O pai de Haruto abanou a cabeça. "Quando o encontrámos há cinco anos, ele era um bebé. Cresceu, como qualquer criança cresce".

"Oh, desculpa. A Rosalie não teve tempo de atualizar ou completar as suas notas. Mesmo assim, não queres que o teu filho esteja com outras crianças que são dotadas como ele? Seria um de nós, aceite por nós. E nós honraríamos os seus dons e protegê-lo-íamos."

"Estás a sugerir que eu não posso proteger o meu próprio filho?"

"Não, Senhor. Não estou a dizer isso de forma alguma. Estou a dizer-te que precisamos dele e talvez, apenas talvez, ele precise de nós. Um rapaz que está sozinho nunca pode ser tão forte como um rapaz que faz parte de uma equipa."

"Talvez ele se sinta só. Talvez, mas é jovem, e há-de ultrapassar isso." O pai de Haruto ficou em silêncio antes de perguntar: "Qual é o teu dom e quem é o inimigo?"

"Tenho poderes curativos, tanto para humanos como para animais - principalmente para estes últimos. Eu consigo ler mentes. A Lia consegue ver o futuro. E-Z salva vidas. Sou capaz de curar os doentes e ler mentes. Até temos um site de super-heróis, que te posso mostrar se quiseres ver tudo por ti próprio como prova".

"Eu já vi o teu site", disse o pai de Haruto. "És conhecido como Os Três. Não são três poderosos o suficiente para enfrentarem qualquer inimigo que encontrem? Como é que um rapazinho como o Haruto te pode ajudar? Ele mal se lembra de lavar os dentes".

"Eu percebo-te. Também tive um filho quando era humano."

"Já foste humano? O que aconteceu ao teu filho?"

"Eles morreram, e eu fui transformado num cisne. É uma história muito complicada. O principal é que, até há pouco tempo, não sabíamos que havia outras crianças. Foi a Rosalie. Ela era uma senhora espantosa, com a capacidade de comunicar com crianças na sua mente. Fala com a Lia, o Haruto, a Brandy e a Lachie. Uniu todos e pagou um preço alto por isso. As Fúrias mataram-na quando ela não lhes revelou qualquer informação sobre as crianças. Sem a Rosalie, não saberíamos que a outra existia e não estaríamos aqui a querer proteger o teu filho, ou a pedir-lhe ajuda para derrotar aquelas irmãs malvadas.

"Fui enviado para falar com o Haruto e para te explicar o que estamos a enfrentar. Claro que ele pode recusar, tu podes recusar por ele, mas sem ele talvez não consigamos vencer as deusas maléficas conhecidas como As Fúrias."

O dono da casa oferece mais chá. Alfred recusou, mas as mãos do pai de Haruto tremeram ligeiramente quando ele levantou o chá recém-reabastecido e o bebeu.

"O Haruto é o teu filho mais novo?"

Alfred acenou com a cabeça.

"Fala-me dos outros dois novos recrutas."

"A Brandy morre e renasce. Lachie consegue falar e ser compreendido por todas as criaturas.

"Esta Brandy renasce sempre como ela própria?" perguntou o pai de Haruto.

"É o que eu penso."

"Que idade tem ela?"

"Isso eu não sei ao certo, mas acredito que ela seja uma adolescente. Porque é que isso importa?" perguntou Alfred.

"Porque renascer repetidamente enquanto permanece no estado humano significa que a Brandy está presa na fase de Aprendizagem. Por isso, vai dar-se bem com outros que são mais avançados do que ela. Aprende com eles e talvez isso a ajude a atingir a fase seguinte."

Alfred compreendeu, de certa forma, mas não disse nada.

"O meu filho não iria fazer avançar a vida de Brandy, por isso não vou permitir que ele participe neste combate. Desculpa ter-te feito perder tempo."

"Bem, eu vim até aqui - por isso, o que é que me custa falar com ele, contigo, com a tua mulher e com a tua mãe presentes. Dá-lhe a escolha. Deixa-o decidir. Se não for o mais indicado para ele, se achares que é demasiado novo ou que não está preparado - nós compreendemos - mas, por favor, pelo menos vamos falar com ele sobre isso. Vê o quanto ele consegue compreender. Deixa que seja ele a dizer que não - depois eu volto para o avião e nunca mais me vês."

"Tu és um cisne e voas num avião?", riu-se ele, em voz alta. Os outros clientes do café juntaram-se a ele, embora não fizessem ideia porque é que ele se estava a rir. Riam-se porque o som do riso do pai de Haruto era contagiante.

"Diz-me o que a tua equipa pretende fazer e porquê. Depois eu decido. Se me conseguires convencer, então talvez te deixe tentar convencer o Haruto."

"Quando morremos, as nossas almas deixam os nossos corpos e vão para o seu descanso eterno naquilo a que se chama um Apanhador de Almas. Eu sei que isto é diferente daquilo em que acreditamos, mas é verdade. As Fúrias têm andado a matar crianças - crianças que estão a jogar jogos de computador - e depois colocam as suas almas em Apanhadores de Almas destinados a outras almas. Quando os outros morrem, não há lugar para onde as suas almas possam ir".

O pai de Haruto ficou calado durante alguns momentos.

"Se quiseres, meu filho, o Haruto ajuda-te. Dir-te-á qual é o seu talento. Ele dir-te-á o que quer que saibas, e ele decidirá."

"Obrigado", diz Alfred.

Levantam-se, saem do café e dirigem-se para a casa de Haruto. Quando chegaram, o jantar foi servido de imediato, e todos foram postos ao corrente da missão.

"O que é que acontece às outras almas? Se não tiverem para onde ir?" Haruto perguntou, pousando os pauzinhos e tomando um gole de água.

"Não sabemos ao certo", responde Alfred. Olha para o pai de Haruto, que acena com a cabeça. "Mas a Rosalie... Lembras-te da Rosalie? Lembras-te da Rosalie?

"Sim, eu conhecia-a e sei que ela morreu", disse Haruto. Sentou-se muito direito: "Queres dizer que a alma dela não tem casa? Como é que a posso ajudar a chegar a casa?

"Fico contente por quereres ajudar, Haruto," disse Alfred. "A alma da Rosalie está guardada em segurança por dois aspirantes a anjos que nos ajudaram a nós e ao E-Z, no passado. Por isso, por agora, está tudo bem com ela.

"Antes de explicar mais, tenho curiosidade em saber quais são os teus poderes especiais?"

Haruto levantou-se, olhou para o pai, que acenou com a cabeça, e depois disse. "Eu movo-me muito depressa". E começou a rodopiar, cada vez mais depressa, até desaparecer.

"Uau!" disse o Alfred. "És como uma versão desaparecida do Diabo da Tasmânia!"

"Nunca nos cansamos de o ver em ação", disse a mãe. Até esse comentário, tinha estado muito calada. "Volta agora, filha", disse ela. "Volta."

Ele chegou da mesma forma que tinha desaparecido, só que desta vez não o viram a rodopiar até ele reaparecer. "Tenho fome outra vez!" exclamou Haruto. E senta-se, enche o prato e come vorazmente.

"Isto dá-te sempre fome?" perguntou Alfred.

"Tens sempre fome?", diz Sobo, oferecendo mais comida ao neto. Ele acena com a cabeça, demasiado ocupado a comer para responder.

Depois de Haruto ter comido a sua dose, Alfred explicou-lhe como o E-Z's iria servir de quartel-general da equipa, ou base. Ele estava a empatar, à procura das palavras certas para lhes contar sobre o perigo que todos iriam correr.

"Deixa-me dizer, antes de concordares, que as Fúrias são criaturas más e horríveis que castigam as crianças mesmo que elas não tenham feito nada de errado. Têm tirado a vida às crianças, por maus pensamentos e não por más acções, e roubam os apanhadores de almas aos outros. Temos de os parar e pôr as coisas no lugar. E elas são deusas extremamente perigosas e poderosas".

O pai de Haruto disse: "Proíbo-te de ires!"

"Mas pai, ensinaste-me que as minhas acções nesta vida, serão levadas para a próxima. Por isso, tenho de dizer que sim." Ele olhou para o Alfred e disse: "Conta comigo!"

"Haruto, como tua mãe e teu pai, queremos que tenhas sucesso - mas queremos que estejas perto de nós, não do outro lado do mundo com estranhos."

Haruto levanta-se do seu lugar e abraça a avó. Os dois sussurraram para trás e para a frente em japonês, para que Alfred não conseguisse perceber.

"A Sobo diz que me vai acompanhar, mas tem medo que a sua hora esteja próxima. Se ela morrer e não estiver no Japão, como é que a sua alma vai encontrar o caminho para casa?"

"Temos alguns arcanjos e arcanjos ajudantes a trabalhar connosco. Eles estão a manter a alma da Rosalie a salvo, e, se alguma coisa acontecesse à tua avó, tenho a certeza que eles também protegeriam a alma dela. Até que os teus Apanhadores de Almas estivessem prontos."

"Estou tão orgulhoso de ti," disse o Sobo, "e será um prazer juntar-me a ti no voo. Estou contente por conheceres o resto das crianças super-heroínas. Este Sobo vai ter mais netos". Abraça o Haruto.

A mãe e o pai de Haruto juntaram-se a ele. É um abraço de família. As lágrimas escorriam pelo rosto de Alfred. Um cisne a chorar é a coisa mais triste do mundo.

Quando se separaram, os pratos foram recolhidos e postos a lavar. O chá foi servido a todos, exceto ao Haruto.

"Vou preparar a minha mala", disse ele. "Boa noite.

"Vou reservar os nossos voos e depois digo-te os pormenores", diz Alfred.

Volta para o hotel e reserva o seu voo. Depois envia todos os pormenores a Charles Dickens. Espera que Charles se encontre com eles no aeroporto de Heathrow e que voem todos juntos para casa de E-Z.

Depois de um dia exaustivo, Alfred deita-se na sua cama Queen Size. Amassou as almofadas e viu televisão até adormecer.

CAPÍTULO VII

A CAMINHO

Com todas as crianças a caminho da casa de E-Z, havia uma sensação de energia chamada esperança no ar. Essa energia parecia espalhar-se de um lado para o outro do mundo. Tanto que chegou às Fúrias.

As três deusas do mal dançavam à volta do fogo que tinham criado num caldeirão com os ossos dos mortos. Ergueu-se uma bola flamejante com várias cabeças. Mesmo à frente dos seus olhos, dividiu-se em três bolas de fogo.

As deusas encheram as bolas de fogo com mais energia, até que parecia que as esferas furiosas iam explodir. Depois enviaram-nas para o seu caminho, para encontrar e esmagar a esperança que vivia nos corações dos seus inimigos.

A primeira bola de fogo saiu, para o destino mais longínquo, alinhada para encontrar e destruir E-Z, Lachie e Baby. O objeto ardente desintegrou-se pelo caminho, partindo-se com a velocidade, até ficar do tamanho de uma bola de bowling. Aponta para o trio desprevenido contra o qual estava a avançar.

Foram os sensores da cadeira de rodas de E-Z que o alertaram para o perigo que se aproximava, graças à atualização de Hadz e Reiki. O GPS detectou um objeto inanimado a mover-se rapidamente, dirigindo-se para eles.

"Algo está a vir na nossa direção!" grita E-Z. "Vamos aterrar e sair do caminho."

"Certo", disse Lachie, enquanto o trio descia.

Mas a bola flamejante seguiu-os, como se tivesse um localizador próprio. Por mais baixo que fossem, continuava a segui-los implacavelmente.

Eles pararam, pairando, agrupados - incertos se deviam aterrar agora, ou se deviam tentar ser mais espertos do que ela de outra forma. Se aterrassem e a coisa os seguisse, poderia matar ou ferir outros. Não queriam pôr mais ninguém em perigo porque a coisa andava atrás deles.

"O que é que vamos fazer?" perguntou Lachie.

"Tu e a Baby protegem-se, eu e a minha cadeira tratamos disto."

"Nós não te vamos deixar!" exclamou Lachie e Baby acenou com a cabeça.

"Está bem, então fica atrás de mim", disse E-Z. Ele sabia que ele e a sua cadeira de rodas eram à prova de bala, mas será que eram à prova de bolas de fogo? Ia descobrir, em 5, 4, 3, 2, 1.

O Bebé esticou o pescoço, soltou um rugido com a boca aberta ao máximo - e a bola de fogo foi direita a ela. Os olhos do dragão arregalaram-se e os seus lábios tremeram enquanto ele continha a besta ardente dentro de si. E lá se foi ele, com Lachie agarrado ao seu pescoço, voando para longe, à procura de um lugar para se livrar daquela coisa que o queimava por dentro.

Por fim, encontraram o local onde o podiam lançar em segurança ao mar. O bebé abriu a boca e a coisa voou. Ainda a arder, a coisa deslizava sobre a água, como se estivesse determinada a manter-se viva, mas acabou por ceder e desvaneceu-se ao afundar-se no oceano.

"Sim!" gritou E-Z. "Boa, Bebé!"

Baby e Lachie voltaram para o lado de E-Z. "O que aconteceu?"

"O Bebé foi fantástico! Atira a bola de fogo para o mar. Agora não passa de mais uma pedra.

"Obrigado, Bebé", disse E-Z. "Foi um pouco perto demais para te confortar."

"Concordas. E o Bebé merece um mimo. Algo fresco para a tua garganta".

"O que o Bebé quiser", disse E-Z. "Vamos descer e fazer uma pausa antes de continuarmos."

Lachie abraçou o pescoço de Baby e desceram para se livrarem do seu primeiro e, esperavam, último encontro com uma bola de fogo louca.

"Achas que eram as Fúrias?" Lachie perguntou-te.

"Acho que elas não nos conhecem. Quer dizer, sabem que existimos, mas não especificamente."

"Aquela coisa apontou para nós. Tentou matar-nos. Quem mais poderia querer-nos mortos?"

"Tens razão, veio direito a nós. Provavelmente foi só uma coincidência. Espero que sim."

"Não deveríamos avisar os outros?"

E-Z olhou para o seu telemóvel. Não tem barra nenhuma. "A minha equipa sabe desenrascar-se sozinha e não os quero assustar. Esperemos que seja um caso isolado.

✳✳✳

As Fúrias enviam um segundo disco em chamas na direção de Yokohama. O avião de Alfred e Haruto já estava na pista a preparar-se para descolar.

A bola de fogo voou em direção a eles, mas escolheu um caminho infeliz - passou pelo robô de 59 pés que esticou o braço, apanhou-a e depois esmagou-a. As cinzas arderam na plataforma abaixo. As cinzas arderam na plataforma abaixo.

No aeroporto, o avião de Alfred e Haruto descolou em segurança e os dois nunca souberam que estavam a ser visados.

A TERCEIRA E ÚLTIMA bola flamejante saiu na direção de Phoenix, Arizona. Voou à volta e à volta, procurando o seu alvo durante horas, mas não o conseguiu encontrar.

A Pequena Dorrit era um unicórnio excecional, com um escudo anti-deteção à sua disposição e que estava sempre pronto. A proteção dos seus passageiros era, afinal, a função principal de Dorrit.

Depois de voar sem destino, a bola flamejante, em vez de se desfazer com a velocidade, aumentou de tamanho, até ficar do tamanho de um cometa. Depois, regressa a casa e aos seus legítimos donos - as Fúrias.

O objeto flamejante, que não sabia distinguir um amigo de um inimigo, perseguiu as Fúrias que gritavam pelo Vale da Morte durante horas. Elas fugiram para salvar as suas vidas até que Tisi conjurou um feitiço.

Primeiro, a bola parou no ar, e as três deusas observaram-na com satisfação enquanto caía no caldeirão e era coberta com um guisado de cogumelos.

Alli voou em direção a ela, fechando a tampa.

Depois, as Fúrias atiraram as cabeças para trás e fizeram-lhe um burburinho, enquanto dançavam, cantavam e riam.

Até que, dentro do caldeirão, se ouviu um estalido. Como grãos de pipocas, a aquecer. Os sons tornaram-se mais altos, à medida que a tampa do caldeirão foi sendo amolgada por dentro, e acabou por se levantar o suficiente para que as bolas de fogo recém-nascidas pudessem escapar.

As pequenas bolas de fogo, sem terem para onde ir, concentraram-se nas Fúrias, perseguindo-as e, uma a uma, foram-se apagando.

Cansadas, exaustas e irritadas, as três deusas chamaram Eriel para as ajudar, mas ele não respondeu.

✳✳✳

Enquanto voava pelo céu sozinho, já que Lachie e Baby viajavam mais devagar devido aos efeitos secundários de Baby por ter engolido a bola de fogo, E-Z avaliava a sua equipa. Algumas vezes, na fila de espera, recebeu mensagens que confirmavam que eles também estavam a pensar nele.

Lia enviou uma mensagem a confirmar os poderes de Brandy e Alfred fez o mesmo em relação às capacidades de Haruto.

E-Z não retribuiu dizendo-lhes os poderes de Lachie. Em vez disso, queria rever as coisas para ver como é que ele e a sua equipa de sete (incluindo Charles) se sairiam contra as três poderosas, mas maléficas, deusas.

Fazendo um inventário na sua mente, lembra-se dos trunfos da sua equipa:

Eu consigo voar e a minha cadeira também. Somos à prova de bala e eu sou super forte. Sou um bom líder, sou inteligente e tenho uma forte empatia.

A Lia é incitativa, empática, bondosa, inteligente e consegue ler pensamentos e prever o futuro.

Alfred tem uma mente forte, é inteligente e, sendo o membro mais velho, é sábio com a idade. É empático, por vezes consegue ler mentes e curar os doentes.

Lachie comunica com as criaturas. É um solitário, mas não tem culpa disso. É empático e inteligente. Sabe como sobreviver contra todas as adversidades e a sua capacidade de camuflagem dá-lhe jeito.

Haruto é o mais novo, mas é um sobrevivente. É capaz de se tornar invisível.

A Brandy já morreu - várias vezes - e voltou à vida. É uma sobrevivente de certeza.

Por último, mas não menos importante, tens Charles Dickens. As suas capacidades são desconhecidas. Mas é inteligente, tem empatia e é capaz de se adaptar.

Usando o telemóvel, quando já tinha barras suficientes, procurou documentos históricos na Internet para descobrir quais as capacidades que as Fúrias poderiam trazer para a mesa:

Força sobre-humana.

Resistência, incluindo elevada tolerância à dor.

Vitalidade.

Agilidade como a de uma aranha.

Resistência a ferimentos e poderes de cura super-rápidos.

Voo.

Transformação - assume a forma de outra pessoa.

Invisibilidade.

Podem infligir dor às suas vítimas.

A Meg podia segregar parasitas. ESPERA, DIZ QUE AS FÚRIAS REPRESENTAM A JUSTIÇA.

Espera um minuto, diz que as Fúrias representavam historicamente a justiça. Diz que no passado, elas só faziam mal aos maus e aos culpados... que os bons e os inocentes não tinham nada a temer. Então, o que é que mudou? Porque é que elas sentiram a necessidade de matar crianças inocentes usando um jogo para o fazer?

Continua a ler, perguntando-se como é que elas matavam as crianças. De acordo com a lenda, as Fúrias nunca magoaram fisicamente nenhum dos malfeitores. Em vez disso, usavam a culpa - para os enlouquecer.

Pensa no rapaz que tinha tentado matá-lo. Elas convenceram-no de que se ele não fizesse o que elas diziam, fariam mal à sua família. Pergunta-se onde estará esse rapaz agora. Estaria num dos Apanhadores de Almas?

Continua a procurar, para descobrir se as Fúrias são capazes de misericórdia e não encontra provas disso.

Acrescenta à lista algo que eles já sabiam - as Fúrias eram mortais. Era uma coisa que ele e as deusas do mal tinham em comum, e ele e a sua equipa teriam de encontrar uma forma de usar isso em seu proveito.

Lachie e Bebé foram ter com E-Z.

"Como está o Bebé?", perguntou.

"Está melhor agora", respondeu Lachie.

O Bebé atirou a cabeça para trás, soltou um rugido e acelerou.

"Espera por mim!" gritou E-Z.

CAPÍTULO VIII
OS FURIES

Com o sentimento imundo da esperança ainda a empestar o ar, as Fúrias esperaram. Repararam as suas roupas chamuscadas e cortaram o cabelo queimado. Por sorte, as serpentes permaneceram ilesas. Para se tornarem apresentáveis para a chegada do seu hóspede iminente.

Ele era o seu benfeitor. Aquele que os tinha trazido de volta à Terra. Sugerindo que se instalassem no coração indetetável do Vale da Morte.

Antes da falha da bola de fogo, eles tinham visto sinais. Sinais de que tudo se estava a virar contra eles agora. A mudança era boa, mas só se eles a controlassem. A tua hora estava a chegar. Eles tinham que estar prontos para agir. As coisas estavam a virar a favor deles. Tudo o que tinham de fazer era esperar por isso. E depois estar prontos para atacar.

"Eriel," Meg sibilou.

O arcanjo, o seu amado líder, tinha finalmente chegado.

"Quais são as novidades?" Tisi perguntou-te. "Estamos enojados com toda esta esperança no ar."

"Tisi e Allie cantaram enquanto dançavam à volta da fogueira.

Ele observava-as, dançando nuas como banshees. Estalando os seus chicotes, enquanto as cobras que tinham como braços e cabelos deslizavam e cuspiam aleatoriamente.

Eriel desceu sobre elas como uma nuvem negra, aterrou e depois fechou as asas. A sua enorme estatura fez com que as Fúrias parecessem bonecas. Fica de pé com as mãos nas ancas, depois ajoelha-se para ficar ao mesmo nível que elas. Era a sua forma de se baixar ao nível delas, ao mesmo tempo que se mantinha acima delas. Queria que eles soubessem que estavam a trabalhar para ele e não o contrário. Estava farto de reforçar isto às irmãs e, no entanto, temia que fosse a única forma de as manter na linha.

"Não há esperança - não agora que estamos a trabalhar juntos," disse Eriel. "E não te rias. Bem, acho que te podes rir. Foi o que eu fiz quando soube que eles iam enviar uma equipa de crianças para te matar."

As Fúrias estavam histéricas. As suas vozes ecoaram pelo Vale da Morte e assustaram todos os pássaros.

"Aqueles idiotas!" Disse a Meg.

"Vamos comer essas crianças, ao pequeno-almoço, ao almoço e ao jantar," disse Tisi, lambendo os lábios.

"Não comemos crianças", diz a Alli. "Mas tu és engraçada, irmã. Só queremos as tuas almas. E não me lembro porque é que as queremos. Explica outra vez, querida irmã."

Meg disse: "Estamos a cumprir as ordens de Eriel. Ele quer os Apanhadores de Almas e nós estamos a arranjá-los para ele. Assim que cumprirmos as suas exigências, seremos Filhas de Nyx - As Bondosas - mais uma vez e governaremos a noite e faremos o que nos apetecer."

"Então se eu quiser provar uma das crianças - eu vou poder, certo?" perguntou Tisi. "Sempre quis saber a que é que elas saberiam." Ela revirou os olhos e farejou o ar. A serpente que tinha na cabeça avançou para ele.

Eriel zombou. "Estas não são crianças normais, como as que tu persegues no jogo. São crianças dotadas, com poderes e capacidades. Mesmo assim, vou manter-te informado, e vais precisar da minha ajuda."

"A tua ajuda? Para derrotar crianças, meros bebés?!", riu-se o trio, que se levantou do chão com as suas poderosas asas de morcego. "Vamos derrotá-los antes mesmo de eles atacarem. As serpentes sibilaram e cuspiram em concordância.

"Como fizemos na sala branca. Como fizemos com a tua amiga Rosalie. Ela não nos disse quem estava a ser enviado por nós. Nós queríamos saber e estávamos fartos de esperar que tu nos dissesses. Por isso, levámo-la lá para fora", disse Meg.

"Sim, e tu quase deste o jogo por perdido! Além disso, é uma pena que não tenhas apanhado a alma dela e a tenhas colocado num Apanhador de Almas", disse Eriel. "Agora tens pontas soltas. As pontas soltas podem tornar-se pistas para aqueles que andam à procura delas.

Olharam para o céu e viram uma faixa de cores como um arco-íris que se estendia de um lado ao outro. Só que não era um arco-íris, era energia. A energia daqueles que os arcanjos tinham recrutado para fazer o que eles próprios não eram capazes de fazer.

"Nós sabemos que eles estão vindo - e eles não terão a menor chance contra nós!" Tisi gritou.

Bem, eles conseguiram vencer aquelas bolas de fogo infantis que enviaste!" Eriel exclamou. "Uma tentativa tão pobre e amadora como foi! Fiquei com vergonha de trabalhar contigo! Ainda bem que ninguém sabe da nossa ligação.

Com os punhos e os dentes cerrados, as Fúrias não avançaram até que Alli quebrou o gelo.

"Irmãs, a opinião dele sobre nós não interessa. Fizemos o nosso melhor. Valeu a pena tentares. Além disso, já temos muitas almas à nossa disposição. Mexeu a panela, bebeu um pouco de sopa numa concha e depois cuspiu-a. "Demasiado sal", diz. Adiciona água, depois cogumelos selvagens e algumas batatas pequenas. "E estamos a recolher mais almas de crianças todos os dias. Estou farta de esperar que os super-heróis infantis venham até nós. Que se organizem. Quando estiverem todos juntos, porque é que não os matamos?"

"Irmã, tens de ser paciente."

"Estou farta de ser paciente. Estou cansada de - estou pura e simplesmente cansada," disse Alli. Mexeu e, depois de juntar algumas ervas selvagens e especiarias, provou a sopa, e estava boa. "O jantar está pronto", disse ela.

"Vais ser paciente e não vais agir - a não ser que eu te diga para agires. Este jogo é meu e eu convidei-te a jogar. Sem mim, não passas de três deusas inúteis, a dormir o resto das vossas vidas." Dá um pontapé na areia com a bota. "E é uma pena que tenhas de consumir comida humana. É um grande retrocesso - já que agora precisas de sustento para sobreviver. Quando eu dominar a Terra e todos os Apanhadores de Almas residirem aqui, carrego em PAUSA TERRESTRE. Eu dominarei a Terra e se tu jogares bem o jogo. Se fizeres o que eu te pedir, então estarás ao meu lado. Partilharás os ganhos. Se fores contra mim, então voltarás ao pó".

Depois de dizer a palavra pó, abre os braços e as asas, levanta-se do chão e desaparece.

As Fúrias cantam juntas enquanto bebem a sopa. As serpentes, que eram as mais famintas, lambiam-na e, apesar de limparem a panela, continuavam a querer mais.

"Agora que ele se foi," disse Meg, "vamos falar sobre o nosso jogo final."

Tisi e Alli riram-se.

"Eriel acredita que nos vai devolver o nosso estado de Deusa, mas nós não vamos deixar que esse arcanjo tome conta da Terra. Quem te garante que ele não nos vai deixar na poeira quando já tivermos feito todo o trabalho? Os arcanjos nem sempre cumprem as suas promessas. Nós também não precisamos de cumprir as nossas, pois não, irmãs?"

"Quem é que ele pensa que é, o Escolhido?" perguntou Alli.

Meg riu-se. "Não é escolhido por nada nem por ninguém - mas nós precisamos dele na mesma."

"Sim," disse Tisi. "A sua auto-importância é o seu defeito." Ela baixou a voz para um sussurro, "Cada vez que ele fala, ele se enfraquece. Cada vez que trai os outros arcanjos, revela um pouco mais do seu poder."

Mais uma vez as irmãs começaram a cantar:

"O sangue das crianças recrutadas será a sopa de amanhã.

Depois de cearmos, vamos divertir-nos com um hula-hoop,"

Meg pegou na canção,

"Bebés, crianças, pequeninos malvados e culpados como o lixo

Dizemos que lhes arrancamos as cabeças se tivermos sorte!"

cantou Alli,

"Filhas das Trevas contra crianças que não fazem a mínima ideia.

O céu vai encher-se de sangue antes de acabarmos!"

As meninas cacarejam e assobiam, estalando os chicotes e dançando enquanto a lua sobe cada vez mais alto no céu. Exaustos, caíram no chão e dormiram na terra. As serpentes preferiam esta posição - e dormiam também - em vez de assobiarem e andarem de um lado para o outro durante toda a noite.

"Boa noite, irmãs", diziam em rodeios, tal como viam os humanos fazer no The Walton's na televisão, através da sua antena parabólica. Era um dos seus programas preferidos. "E de manhã, vamos rever o plano."

CAPÍTULO IX

PAFHS9

ERA UMA COMPETIÇÃO PARA Sam e Samantha, que estavam à espera de ver que grupo de crianças chegaria primeiro. O vencedor levantar-se-ia com os gémeos todas as noites durante um mês inteiro, por isso a aposta era alta.

Sam escolheu E-Z, Lia e depois Alfred. A Samantha escolheu o Alfred, o E-Z e depois a Lia.

"Mas o E-Z está na Austrália", diz a Samantha. "Vais mesmo perder. Vou pensar em ti - NÃO - quando estiver a dormir a noite toda durante um mês.

"Escolheste o Alfred e ele está a voar num avião! Sabes como eles fazem sempre overbooking e raramente cumprem os seus horários. Enquanto que o E-Z pode ir e vir quando lhe apetece e a sua cadeira de rodas viaja a uma velocidade incrível! Vou ganhar, e tenho tanta certeza, que vou adoçar a aposta e fazer com que sejam seis meses. Estás disposta a aumentar a aposta?"

A Samantha ponderou a nova oferta. Apostas como esta podem prejudicar um casamento, e eles já tinham falta de sono com ambos a acordarem todas as noites para cuidar dos gémeos. Abraça-o: "Vamos manter as coisas simples. Não te preocupes.

"Frango", disse Sam, envolvendo os braços à volta da mulher. Beija-a na testa enquanto Jill solta um gemido ao qual Jack logo se junta. "Eu vou", disse ele.

"Vamos juntos", disse Samantha, pegando na mão do marido e lá foram eles pelo corredor.

A Pequena Dorrit estava a regressar a toda a velocidade.

"Não podes ir beber um copo?" perguntou Brandy.

"Não," disse a Pequena Dorrit.

"Anda," disse a Lia, "só demora uns minutos."

"Não te quero assustar," disse a Pequena Dorrit, "mas estou a ter um mau pressentimento e quero que saiamos daqui o mais depressa possível."

"Está bem", concordaram as duas raparigas.

Já quase em casa, Lia enviou uma mensagem de texto a Samantha, dizendo-lhe que estariam em casa dentro de alguns minutos.

"Ah, estávamos as duas enganadas!", diz ela.

"Mas uma de nós vai ter de se levantar todas as noites com os gémeos", disse Sam.

"Nós revezamo-nos", disse Samantha, enquanto ela e Sam, agora que os gémeos já tinham dormido a sesta, iam para o jardim. Em breve, vê o Little Dorrit a chegar para aterrar.

Lia e Brandy saltaram.

"Foi muito fixe", diz a Brandy. "Obrigada, Pequena Dorrit. Abraça o unicórnio que responde: "Não tens de quê".

"Sim, obrigada por cuidares de nós", disse Lia.

"Cuidar de ti, houve algum problema?" Pergunta o Sam.

"Nada que eu não conseguisse resolver", disse a Pequena Dorrit. "Agora, se não precisares de mim durante algum tempo, gostava de ir buscar água e um lanche.

"Podes ir," disse Sam, "e obrigado por tomares conta das nossas meninas."

A Pequena Dorrit piscou o olho a Sam, depois arrancou e desapareceu de vista.

Depois das apresentações com Sam e Samantha, Brandy ligou para casa para avisar a mãe que tinham chegado bem.

Algumas horas mais tarde, chegaram Alfred, Charles, Haruto e a sua avó. Tal como antes, foram feitas apresentações, com a Brandy e a Lia a serem adicionadas à mistura.

"Não podes ser O Charles Dickens", disse Brandy, com as sobrancelhas levantadas. "E tu és apenas uma criança, que mal saiu das fraldas", disse ela a Haruto que, em resposta, se tornou invisível.

"E tu és apenas um miúdo, mal saíste das fraldas! exclamou Brandy. "E tu, és um grande cisne emplumado! Como é que nos vais ajudar a derrotar as Fúrias!

"Antes de mais," começou Alfred, "és muito mais rude do que devias. Até um cisne pouco sofisticado como eu tem maneiras."

"Anata wa gakidesu!" disse a avó de Haruto, que traduzido significa "És um pirralho!"

Ouve-se uma gargalhada vinda do Haruto invisível.

Lia interveio e pediu desculpa: "Eu ponho-a ao corrente. Ela é fixe. Dá-lhe um pouco de tempo para se adaptar", disse ela. "Não sabia até agora, quando vi com os meus próprios olhos o que o Haruto conseguia fazer. Para o rapazinho, ela disse: "Volta, Haruto, por favor. Ela não quis ferir os teus sentimentos".

"Desculpa", disse Brandy com os olhos baixos no chão.

Haruto regressou, desaparecendo. Fica de pé com o braço à volta da cintura da avó. Alfred e Charles aproximaram-se deles.

"Acabámos de sair de um avião e estamos cansados - por isso, vamos refrescar-nos. Quando voltarmos, espero que lhe ponhas uma trela, ou um bocado de fita-cola na boca. Ou que lhe ensines algumas maneiras," disse ele, e depois saiu pelo corredor com os outros dois a reboque.

"Uau!" disse a Brandy. "Simplesmente UAU! Já te pedi desculpa.

"Não, ele tinha razão", disse a Lia.

A Samantha disse: "Agora estás em nossa casa e não vamos permitir que sejas mal-educada com ninguém."

Sam cruzou os braços sobre o peito, no momento em que os gémeos começaram a chorar outra vez.

"Não te preocupes, eu cá me arranjo. Não te preocupes, eu desenrasco-me", disse Samantha, mas, antes de sair, olhou para Brandy.

"Brandy, estás num sítio estranho, onde ainda não conheces ninguém para além da Lia e da Pequena Dorrit", disse Sam. "Se queres fazer parte desta equipa, para derrotar as Fúrias - então tens de trabalhar em conjunto. Insultar os teus colegas de equipa não é uma forma eficaz de começar. Sugiro que voltes a pedir desculpa como se estivesses a falar a sério quando eles voltarem, e que peças para começar de novo."

Os olhos de Brandy encheram-se de lágrimas: "Só fiquei surpreendida por ver os outros membros da equipa com quem vou trabalhar. Mas tens razão, vou pedir desculpa outra vez e pedir outra oportunidade. Espero que me perdoem. A tua mãe diz sempre que sou demasiado franca para o meu próprio bem".

Lia sorriu. "Vais adorar o Alfred quando o conheceres. Também é a primeira vez que conheço o Charles pessoalmente. O Charles está numa situação estranha. Quando ele tinha dez anos, foi em 1822. Pensa nisso. E também é a primeira vez que conheço o Haruto e a avó dele."

"Estás louco! James Monroe era presidente na altura - e foi o nosso quinto presidente!" A Brandy gritou. Dá uma cotovelada na Lia, "A mãe e o pai ficariam impressionados por eu me lembrar dessa informação! E o miúdo, quero dizer, o Haruto, parece demasiado novo para pôr a sua vida em risco."

Lia riu-se e Sam juntou-se a ela, depois, ao ouvir que a mulher o chamava para ajudar com os gémeos, saiu a correr da sala.

Charles respondeu: "George IV estava no trono quando eu cá estive da última vez. Pelo menos não tenho de me preocupar em voltar para a casa de trabalho no próximo ano", disse com um sorriso que se desvaneceu rapidamente.

Lia deu um grito involuntário, enquanto Brandy desatou a chorar e disse: "Desculpa, Charles".

"Ah, então já ouviste falar de casas de trabalho", disse ele. "Mas eu estou aqui e sobrevivi e, aparentemente, usei a minha experiência para escrever sobre personagens como Oliver Twist e Little Dorrit, para mencionar dois. Sim, estive a ler sobre mim na Internet e tenho de te dizer que até me impressionei a mim próprio."

"Ainda não conheces a Pequena Dorrit, o Unicórnio", diz Lia. "Foi tomar um refresco, mas volta em breve."

"Quem? perguntou Charles.

Na altura certa, a Pequena Dóris reapareceu a voar por cima das suas cabeças e aterrou rapidamente.

"Pequena Dorrit, apresento-te Charles Dickens. Charles, esta é a Pequena Dorrit", disse Lia.

Charles ficou sem palavras, enquanto o simpático unicórnio se aconchegava a ele. "Nunca sonhei, nem num milhão de anos, conhecer um unicórnio.

"Prazer em conhecer-te, Charles," disse a Pequena Dorrit.

Charles suspirou: "E ainda por cima um que fala de forma inteligente!" Tinha um milhão de perguntas para lhe fazer, mas teriam de esperar porque, lá em cima no céu, E-Z, Lachie e Baby estavam a aterrar. "Estou acordado ou a sonhar?" pergunta Charles. "Belisca-me, para eu ter a certeza."

Assim que Baby aterrou e Lachie desmontou, foram feitas apresentações enquanto E-Z corria para dentro para ir à casa de banho. Quando regressou, Sam e Samantha com os gémeos a reboque, Haruto e Alfred juntaram-se a eles.

"O grupo está todo aqui", disse Alfred.

"Posso falar contigo e com o Haruto?", perguntou a Brandy. Quando eles acenaram com a cabeça, ela disse: "Peço imensa desculpa. Por favor, perdoa-me pela minha falta de educação e dá-me uma segunda oportunidade." Olha para os seus pés.

"Vamos começar de novo", disse Alfred.

"Saikai suru," disse Haruto e depois traduziu, "O que ele disse."

"Anata wa yurusa rete imasu," disse a avó de Haruto, que traduzido significa, "Estás perdoado."

A bebé e a Pequena Dorrit lado a lado era uma visão muito estranha. A Pequena Dorrit não era pequena, era um unicórnio com mais de 2 metros de altura, enquanto que o Bebé não era nenhum bebé, pois tinha mais de 2 metros de altura.

"Acho que vocês os dois - referindo-se ao Bebé e à Pequena Dorrit - vão ter de encontrar outro sítio para dormir, porque o jardim não vai ser suficientemente grande para vocês os dois", disse E-Z.

A Pequena Dorrit disse: "Eu conheço um sítio e podemos comer qualquer coisa deliciosa e beber água também".

"Parece-me bem", disse o bebé.

A avó de Haruto deu uma palmadinha na cabeça do bebé e perguntou: "Josha wa dodesu ka?", que traduzido significa: "Que tal uma boleia?"

O bebé respondeu: "Tashika ni, tobinotte!", que traduzido significa: "Claro, sobe!"

Haruto correu e disse: "Matte watashi o wasurenaide!", que significa: "Espera, não te esqueças de mim!"

O bebé baixou-se para que o Haruto e a avó pudessem subir para as suas costas. E voaram, com a Pequena Dorrit a segui-los de perto.

O Sam disse: "Acho que é melhor instalarem-se todos e amanhã podes falar e planear à vontade".

"Boa ideia", disse E-Z, enquanto Baby deixava Haruto e a avó. O cabelo de Sobo estava em pé, como se ela tivesse metido o dedo numa tomada.

Como a avó de Haruto estava sem palavras, Samantha conduziu-a ao seu quarto. "O Haruto dorme no meu quarto", disse ela.

"Claro, volto já." Desce o corredor até ao quarto do E-Z.

"Como é que foi?" E-Z pergunta a Haruto.

"Subarashi!" exclamou ele, que traduzido significa "Fantástico!".

"Mandámos entregar hoje uma cama de grades e alguns beliches", disse Sam, "por isso, Haruto, Charles e Lachie, vocês ficam com E-Z e Alfred no quarto deles. O Alfred dorme ao fundo da cama do E-Z."

"Obrigado", disse E-Z enquanto se dirigiam para o seu quarto. "Já agora", disse ele quando ficaram sozinhos, "algum de vocês teve problemas no caminho de volta?"

Alfred disse que não.

"E tu, Lia?", perguntou ele na sua mente.

"Não."

"Então, o que é que aconteceu?" O Alfred perguntou-te.

"Bem, tivemos uma bola de fogo flamejante no nosso rasto."

Lia ofegou.

"Mas graças ao raciocínio rápido da Bebé, foi destruída."

"Como é que ele conseguiu destruí-la?" perguntou Alfred.

"O Bebé engoliu-a e depois deixou-a cair no oceano."

"Isso é assustador", diz Haruto.

"Ainda estou um pouco preocupado com o Bebé", disse E-Z, "porque no caminho de volta reparei que ele tossiu e espirrou algumas vezes".

Lachie disse: "Até saiu uma faísca da boca e das narinas dele. Diz que está bem, mas estou a vigiá-lo de perto".

"Não podemos levá-lo ao veterinário, pois não?" disse Alfred.

Haruto riu-se e riu-se.

"O que é que tem tanta piada? perguntou E-Z.

"Hyoryu Doragon", diz ele. "Hyoryu Doragon!" - que significa veterinário dragão - e riu-se novamente.

Alfred e E-Z encolheram os ombros, tal como Charles, que mudou de assunto, perguntando se os outros achavam que deviam arranjar um novo nome para a equipa, uma vez que agora são sete em vez de três.

"Talvez", diz E-Z.

"Quais são as nossas características principais? Charles perguntou.

"Promessa", sugere Haruto, depois de se ter acalmado e de ter parado de rir.

"Aspirações", diz Charles.

"Fé", diz E-Z.

"Esperança", diz Alfred.

A Samantha ficou a ouvir do lado de fora da porta durante alguns minutos. Parecia tudo bastante amigável, por isso voltou para falar com a avó de Haruto.

"O Haruto está a instalar-se com os outros rapazes e estão a conversar. Podes mudá-lo para aqui amanhã, se quiseres. Tem a sua própria cama lá dentro. Eles estavam a planear um novo nome para a sua equipa de super-heróis - por isso não quis interromper a sessão de brainstorming deles."

A avó de Haruto acenou com a cabeça, "Obrigada".

Lia e Brandy estavam agora envolvidas na conversa de sala para sala.

"Força x 7", sugeriram as raparigas.

"E-Z confirmou: "Às vezes, ela consegue ler os nossos pensamentos.

Charles exclamou: "E que tal PAFHS7?"

"Eu gosto", disse E-Z, "mas não nos estamos a esquecer de dois membros importantes da nossa equipa? Refiro-me a Little Dorrit e Baby. São membros de pleno direito e já nos salvaram a pele algumas vezes.

Alfred repete as palavras, tal como Haruto.

"Então e os PAFHS9!" Lia e Brandy cantaram.

Os PAFHS9 não conseguiram evitar, riram-se - até ouvirem alguém a andar por cima das suas cabeças no telhado.

"Que raio foi aquilo? perguntou E-Z.

"Yoo-hoo! És tu! disse Rafael. "A Eriel e eu.

CAPÍTULO X

BARULHO NO TELHADO

Sam perguntava-se se o Natal teria chegado mais cedo, quando saiu de roupão para investigar o barulho no telhado. Não conseguia ver quem estava lá em cima, até estar no centro do seu relvado.

"Shhh!", sussurra. "Acabámos de adormecer os bebés."

Os arcanjos não responderam. Em vez disso, baixam a cabeça como duas crianças repreendidas.

"Queres entrar?", pergunta ele.

"Muito obrigado", responde Rafael.

POOF

POW

Ela e Eriel desapareceram.

Sam não sai imediatamente do relvado. Tinha os pés molhados do orvalho da relva e, enquanto enfiava os punhos nos bolsos do roupão, avistou a Pequena Dorrit e o Bebé a dar a volta à casa.

"Está tudo bem aí em baixo?" perguntou a Pequena Dorrit.

"Sim", disse Sam, "mas não vás muito longe, por via das dúvidas. Eu apito se precisares de ajuda." Acenou, depois voltou a entrar na casa, que estava agora cheia de vozes e de cadeiras a raspar. Cerra os dentes e espera que os gémeos estejam a dormir profundamente. Já na cozinha, repara que todos estão acordados, para além da avó de Haruto.

Raphael, que estava sentado à cabeceira da mesa, parecia-se agora com a mulher que estava vestida de enfermeira no hotel quando a vida de Alfred foi salva. O seu vestido longo e esvoaçante, semelhante ao de uma licenciatura, aumentava o seu estatuto entre os outros, como se fosse uma professora ou uma juíza.

Eriel, por outro lado, tinha alterado a sua aparência para se parecer com um cantor falecido cuja marca registada era vestir-se da cabeça aos pés de preto, incluindo óculos de sol com aros escuros.

"Precisas de mais cadeiras? perguntou a Samantha.

"Acho que estamos bem", disse Sam. "Espero que isto não demore muito tempo. E-Z, tu ficas com a outra ponta da mesa, já que és o nosso líder eleito".

"Obrigado", disse E-Z, indo para a tua posição. "Então, o que é que vocês os dois estão aqui a fazer a meio da noite?"

Brandy riu-se: "E quem disse que eu era a malcriada?"

Lia disse: "Shhh."

Rafael olhou para cada uma das crianças. Era a primeira vez que via Haruto, Charles, Brandy e Lachie.

Era a primeira vez que via Haruto, Charles, Brandy e Lachie. Os seus olhos brilharam quando olhou para E-Z. Inclina a cabeça.

E-Z esperou, depois percebeu que Raphael lhe estava a pedir permissão para falar. Acena com a cabeça.

Antes de falar, Raphael ajustou os seus óculos novos. Ao fazê-lo, fez com que E-Z ajustasse os seus óculos antigos, que ele, a pedido do dono original, nunca tirou da cara.

Charles, que estava cada vez mais impaciente, perguntou: "Minha senhora, porque é que estou aqui como um rapaz de dez anos quando seria muito mais útil a esta equipa como um adulto."

"SILÊNCIO! Eriel exclamou, batendo com os punhos na mesa. "Tens a palavra. Fala, irmã, porque estas crianças estão cada vez mais impacientes. Os seus olhos piscam e voam pela sala. Como se estivessem à espera que os deixasses cair em cubas de cera quente!"

"És rude!" exclamou Brandy. "Eu não tenho medo de ti!"

"Shhh," Lia sussurrou.

Charles sorriu para Brandy.

"Devias ter medo," disse Eriel com uma careta. Devias ter medo," disse Eriel com uma careta. "Muito medo."

"Ordena! Põe ordem!" Raphael gritou e ela esperou até que todos estivessem sentados e mais calmos.

"Estamos aqui esta noite para o TEU benefício." Raphael disse mais alto do que ela esperava.

"Toma! Toma!" Eriel interveio.

"Como assim? perguntou E-Z.

"Ela diz-te se te calares!" Diz a Eriel.

Rafael esperou novamente antes de voltar a falar.

"Não há tempo para planos extravagantes ou demoras. As Fúrias estão a causar estragos, cada vez mais todos os dias, pirateando os Apanhadores de Almas. Atira velhas almas para o vazio. É o caos total lá fora! E estão a criar mais a cada segundo, a cada minuto, a cada hora de cada dia. Em suma, tens de os parar. Imediatamente.

"Mas..." disse Alfred, "nem sequer mencionaste as crianças."

Eriel levanta-se da cadeira. Olha fixamente para Alfred, obrigando-o a desviar o olhar. "Ela ainda não acabou AINDA."

Raphael continuou sem hesitar desta vez.

"Nós, Eriel e eu, estamos aqui para te dar conselhos - sem estarmos diretamente envolvidos. A nossa missão é ajudar-te, ajudar-te a ti próprio e salvar as crianças."

E-Z não gostou nada de ouvir isto, de todo. Bate com os punhos na mesa.

"Já concordámos em combater as Fúrias. Primeiro, temos de nos preparar, para formular um plano. Quando estivermos prontos, destruí-las-emos. Se vieste aqui para nos apressar, para nos empurrar para a batalha antes do momento certo, então, como fui eleito líder, gostaria de me retirar. Somos apenas crianças e estás a pedir-nos para colocarmos as nossas vidas em risco. Eu não estou, nós não estamos, dispostos a avançar até estarmos totalmente preparados."

Lia levantou-se primeiro e começou a aplaudir e o resto da sua equipa juntou-se a ela.

"O que ele disse", disse Alfred, já que os cisnes não podem bater palmas.

"Espera!" disse Rafael. "Não estamos aqui para te empurrar, estamos aqui para te ajudar.

A cor de Eriel mudou de branco para vermelho, em contraste extremo com o seu traje preto. E-Z e os outros ficaram a olhar, enquanto a tez do arcanjo continuava a avermelhar, com medo que a sua cabeça explodisse.

"Acalma-te e senta-te!" ordenou Rafael. Eriel respirou fundo algumas vezes, depois voltou a sentar-se no seu lugar.

Rafael manteve-se calmo, com a cabeça erguida. Empurra a cadeira para trás e levanta-se. E continua a subir até estar acima dos outros. Acomoda-se, como se estivesse a andar num tapete mágico, e inclina a cabeça para a direita como se estivesse a posar para uma selfie.

"Estamos empenhados em ti e na tarefa, mas os nossos poderes têm limitações. Se estás familiarizado com o ditado, 'estamos aqui para ti em espírito', então é isso que nós somos. Hoje, ao virmos a tua casa, quebrámos todas as regras. Fizemo-lo contra o conselho dos nossos superiores e contra o senso comum.

"Ao virmos aqui, expusemo-nos a perigos invisíveis e desconhecidos, mas tu vales o risco. É por isso que decidimos vir oferecer-te a nossa ajuda pessoalmente."

"Além disso, sabemos que tens andado a formular um plano e nós estamos aqui como tuas caixas de ressonância. Podes testá-lo connosco, para ver se funciona. Se encontrarmos alguma falha, apontamos-te e ajudamos-te".

E-Z olhou para os membros da sua equipa, que voltaram a sentar-se. "Estamos a considerar a opção de puxar as deusas para um jogo e derrotá-las lá."

"Oh, estou a ver", disse Raphael. "Acreditas que as podes derrotar no seu próprio jogo, por assim dizer, inteligente. És muito inteligente, mas receio que não o suficiente."

"O que queres dizer com isso?"

"Eles descobriram como manipular e controlar todos os jogadores do mundo dos jogos. Conhecem todos os truques do livro - porque a indústria tornou tudo mais fácil quando entras no jogo. Para jogar, tens de matar. Para avançar, tens de matar. Para ganhares, tens de matar.

"Dentro do mundo dos jogos E-Z, também terás de matar. Assim que o fizeres, és um jogo justo para as

Fúrias. Elas podem capturar cada um de ti, um por um. Lá não podes ser uma equipa. As equipas dentro do jogo são meras ilusões. Nenhum jogador estaria isento do seu plano vingativo.

"Lembra-te, as deusas têm um mandato - que é o de punir os impunes. E elas estão a segui-lo à risca, sem ses, e ou mas. No entanto, estão a usar uma zona cinzenta a seu favor. Nada os pode deter - desde que cumpram o mandato". Ela parou e olhou para Eriel: "Queres acrescentar alguma coisa?"

"Se eu fosse a ti," disse ele, "atacava-os de frente, em campo aberto. Onde e quando eles menos esperassem. Isso colocava-te numa posição de poder e tornava-os vulneráveis."

"Isso se não nos virem, ou se não sentirem que os vamos apanhar", disse Brandy. "Ainda não percebo como é que eles estão a matar as crianças. Temos de ver, para compreender e saber o que estamos a enfrentar. Eu disse que te ajudava, mas esperava informações mais específicas."

"E-Z", perguntou Rafael, "estás disposto a devolver-me os meus óculos? Por pouco tempo? Com eles, poderei mostrar-te a técnica das Fúrias. Como é que elas enredam as crianças no jogo em tempo real. A Brandy tem razão, ver para crer, mas não o posso fazer sem os meus óculos originais. Só tu podes tomar essa decisão. Se queres mesmo ver. Se queres mesmo saber".

"Fixe," disse a Brandy. "Vamos a isso, E-Z."

Eriel olhou para o teto. "Ophaniel chamou-me. Agora tenho de ir. Faz uma vénia.

ZIP

Desaparece na noite.

E-Z tirou os óculos vermelhos e dobrou-os, antes de os entregar a Rafael, que continuava a flutuar por cima da mesa. Os óculos, quando ela os pegou, voaram para as suas mãos.

Rafael tirou os óculos novos e poliu os velhos antes de os colocar na cara dela. Sorriu, enquanto ela e todos os outros na sala observavam o sangue a mover-se à volta das armações, como se estivesse a familiarizar-se com ela.

Quando o sangue nos óculos regressou ao seu fluxo Rafael colocou-os na cara e apontou para a parede, enquanto luzes fortes e brilhantes emanavam dos seus óculos, como seria de esperar ver numa sala de cinema.

"Antes de começarmos," disse Rafael, "isto não é para os fracos de coração. O que estás prestes a ver está classificado como Acompanhamento de Adultos. Acho que o Haruto não devia ver."

A Samantha disse: "Anda, Haruto. Tu e eu podemos ver um pouco de televisão na outra sala".

Os dois saíram. E o espetáculo começa.

No ecrã estava um rapazinho. Com cerca de sete, talvez oito anos. Apesar de estar a meio da noite, está sentado em frente ao computador. Na sua cabeça tinha uns auscultadores. À frente da sua boca estava um microfone minúsculo que estava ligado aos seus auscultadores.

"Apanhei-te!", diz. "Só preciso de matar mais uma vez e passo ao nível seguinte."

HHIIIIIIIIISSSSSSSSSSSSSS.

E eles também o ouviam.

"És um assassino!"

"Só os meninos maus matam - e tu és um menino mau. A tua mãe sabe que tipo de mau rapaz assassino tu és?"

"Estou a jogar um jogo", disse ele. "É só um jogo e se eu não matar, não posso avançar."

"Pobre miúdo", disse E-Z.

Silêncio.

O rapaz continua o seu jogo. Em breve chegou a altura de voltar a matar. Desta vez hesita.

"Continua. Já mataste uma vez, sabes que foi divertido, por isso vai em frente e mata outra vez. Sabes que queres".

"Não!", disse ele.

"Não importa. Não importa. Só precisas de matar uma vez!"

Então o assobio voltou a ser muito alto, mais alto, mais alto, mais alto.

"Pára!", gritou ele.

"Pára Rafael!" Lia gritou.

"Não posso", respondeu o arcanjo. "Disseste que querias ver como eles o fazem. Se algum de vós estiver demasiado assustado, sai da sala ou tapa os olhos. A

Brandy tinha razão, tens de ver com os teus próprios olhos. Até agora, eu também não vi."

HHIIIIIIIIISSSSSSSSSSSSS.

Continua. Já mataste uma vez, sabes que foi divertido, por isso vai em frente e mata outra vez. Sabes que queres".

Continua. Já mataste uma vez, sabes que foi divertido, por isso vai em frente e mata outra vez. Sabes que queres."

Continua. Já mataste uma vez, sabes que foi divertido, por isso vai em frente e mata outra vez. Sabes que queres."

"La, la, la, la, la", cantava o rapaz. Tenta bloquear as vozes.

"Ele enlouqueceu", disse o seu amigo que também jogava o jogo. "Vou-me embora. Vejo-te na escola amanhã, Tommy".

"La, la, la, la, la!" Tommy continua a cantar.

O teu pulso acelera. O teu coração acelerou. Batia e batia, como se quisesse sair do seu peito. Não consegue respirar. Tentou levantar-se, mas as pernas ficaram gelatinosas.

Ouve uma voz na sua cabeça. Parecia a voz da tua mãe, mas não era.

"Temos tanta vergonha de ti, Tommy. Não merecemos ter um assassino como nosso filho!"

Uma segunda voz, que parecia ser a do teu pai.

"O nosso filho não é um assassino, quem és tu? Tu não és o nosso filho."

Tommy chorou.

"Eu sou um assassino", disse ele, enquanto caía da cadeira e se desfazia numa bola no chão.

Agora, no ecrã, mais duas vozes. O seu irmão Alex, a sua irmã Katie, cantando uma canção com os seus pais, uma canção que era cantada ao som de uma música infantil popular sobre um arbusto de amoreira. A versão deles era assim:

"O Tommy é um mur-der-er; mur-der-er, mur-der-er, mur-der-er, Tommy é um mur-der-er, E nós já não gostamos dele."

O pobre Tommy estava agora sozinho.

"Não desistas", gritava Lia, embora soubesse que ele não a podia ouvir.

No chão, enrolado numa bola, imagina que a mãe, o pai, a irmã e o irmão estão a dançar à sua volta. Eles rodeavam-no como um abutre à volta da sua presa.

"O Tommy é um mur-der-er; mur-der-er, mur-der-er, mur-der-er, Tommy é um mur-der-er, E nós já não gostamos dele."

O pequeno coração do Tommy ficou destroçado. Saiu do seu corpo e voou para longe.

As Fúrias apanharam-no e meteram-no num Apanhador de Almas. E fecham a porta.

Rafael tira os óculos. Imediatamente, o projetor de parede terminou. Quando devolveu os óculos a E-Z, uma lágrima rolou-lhe pela face.

O silêncio à volta da mesa era ensurdecedor.

"Fazem com que as bruxas sobre as quais Shakespeare escreveu em Macbeth pareçam simpáticas", disse Alfred.

"Não vejo como é que o meu poder de camuflagem, ou de falar com os animais, te vai ajudar, não contra eles", disse Lachie.

"Eu matava um, morria, voltava, matava o segundo, morria, voltava e matava o terceiro", disse Brandy. "Deixa-me deitar-lhes a mão!"

"Espera um minuto", disse E-Z. "Agora que já viste, temos de falar sobre isso. Antes de mergulharmos. Talvez devêssemos votar de novo? A nossa participação deve ser unânime."

Sam falou. "Não tens de ter vergonha, de dizer não. Ninguém vos nomeou como salvadores do mundo."

"Ele tem razão," disse Raphael. "Ninguém te nomeou - no entanto não há mais ninguém que o possa fazer."

"Porque é que vocês, arcanjos, não o podem fazer?" perguntou Brandy.

"Tentámos tudo o que sabíamos e falhámos. Foi por isso que viemos ter contigo," disse Raphael. "E há uma coisa que quero deixar bem clara para todos vós... Se houver um momento em que receiem que o fim esteja próximo, é nessa altura que nós iremos ajudar-vos."

"Como é que pretendes ajudar-nos, se acabaste de nos dizer que és inútil?" perguntou Charles.

"Era isso que te queria perguntar," disse Brandy.

"Se, quando, o fim estiver próximo... a nós, arcanjos, ser-nos-ão dados outros poderes. Até serem necessários, esses poderes estão adormecidos nas entranhas da Terra.

"Entretanto, E-Z, conheces as palavras mágicas para chamar Eriel para o teu lado. Essas mesmas palavras trar-me-ão a mim, e aos outros, se precisares de nós.

"Nós viremos. Lutaremos ao teu lado. Mas, por favor, não desperdices a chamada. Para que os poderes antigos despertem, tem de haver provas inequívocas de que o fim da raça humana está iminente."

"E se te chamarmos e os poderes que dizes que terás não vierem? E depois?" Pergunta ao E-Z.

"Então morreremos ao teu lado."

E-Z bateu com os punhos na mesa.

"Vê-los em ação faz-me ferver o sangue. Temos de os derrotar".

"Toma! Toma!" Charles gritou.

"Mas primeiro", disse Sam, "tens de contar a estas crianças antes de as mandares para a batalha. Conta-lhes exatamente como tu e os outros arcanjos tentaram derrotar as Fúrias."

"Nós montámos uma armadilha para elas quando descobrimos que tinham regressado. Ela traiu-nos, denunciou-nos, e depois mudaram-se para o Vale da Morte. O Vale da Morte está fora dos limites para os arcanjos agora."

"Fora dos limites? Quem o fez assim?"

"Essa é uma pergunta que não te posso responder. Tudo o que sei é que uma equipa de arcanjos imensamente poderosos foi incapaz de romper as barreiras protectoras que eles colocaram no local."

"É só isso?" Perguntou a Brandy. "Foi tudo o que tentaste, e agora queres que tomemos o controlo. A sério."

Raphael pôs as mãos nas ancas, "Somos arcanjos e os nossos poderes na Terra são limitados." E riu-se: "Os nossos poderes noutros lugares também são limitados."

"Está bem, está bem", disse E-Z. "Já percebemos. Não temos escolha, na verdade não, mas deixa isso connosco."

"Muito bem", disse Raphael. "Mas antes de ir, Charles, queria responder à tua pergunta. Os arcanjos não te convocaram ou libertaram. Acreditamos que a tua presença aqui é acidental.

"Também não achamos que as Fúrias saibam de ti. Talvez sejas uma arma secreta. Podes ter poderes tremendos dentro de ti.

"Disseste que desejavas ter sido trazido de volta como um homem adulto. A tua idade hoje é significativa. Acreditamos que as crianças têm o futuro da raça humana nas suas mãos. Só as crianças podem derrotar o mal puro."

"Mas porquê só crianças?" Charles perguntou-te.

"Porque elas nascem puras de coração," disse Raphael.

Charles sentou-se um pouco mais alto no seu lugar.

Raphael continuou: "Charles Dickens, não tenhas medo de experimentar e de descobrir o teu verdadeiro eu. Dentro de ti, pode haver uma porta que só tu podes abrir. Uma chave.

"O simples facto de haver uma linha de sangue entre ti, o E-Z e o Sam, é significativo. Não tenhas medo de arriscar tudo para encontrar essa chave. Estás aqui para ajudar a salvar a humanidade. Não há dúvidas quanto a isso. Usa o teu tempo aqui sabiamente. Faz a diferença."

Charles chorou porque, até então, sentia-se inútil. Os outros confortam-no e tranquilizam-no.

"Boa sorte para todos vós", diz Raphael.

PODEMOS.

E ela foi-se embora.

"Quando sobrevivermos a isto," disse Lia, "e vamos sobreviver, vamos dar a maior festa de vitória de sempre."

"Charles," disse E-Z. "Se o Rafael tiver razão, podes ser o membro mais importante da equipa. Por favor, tira algum tempo para fazeres um pequeno exame de consciência."

"Como é que se faz uma pesquisa de alma?", perguntou ele.

"Medita, é uma maneira", disse Brandy.

"Ou caminha na natureza", disse Lachie.

"Passa algum tempo sozinho, a pensar", ofereceu Alfred.

"Vamos dormir um pouco e continuar esta discussão de manhã", disse E-Z.

"Não me parece que vá conseguir dormir muito depois de ver o pobre Tommy", disse Lia. "Não penses que vou conseguir dormir muito depois de ver o pobre Tommy.

"Sim, coitadinho do Tommy", concorda Alfred.

"Então, ainda estão todos cá dentro?" perguntou E-Z.

Ouve-se um "sim" de todos.

"Mas e o Haruto?

"Acho que ele ainda vai participar", disse E-Z, "mas vou explicar tudo ao Sobo e ela pode falar com ele. Compreenderia perfeitamente se eles optassem por não participar".

"Mas não me parece que o façam", diz a Samantha. "O Haruto está a dormir. Sentiu-se envergonhado porque era demasiado novo para ver o que tu vias. Como se fosse menos um membro da equipa".

"Fizeste bem em tirá-lo da sala", diz Sam. "O que testemunhámos foi horrível.

"Concordo", disse E-Z.

Charles diz: "Então, é tudo por um e um por todos. Tal como em Os Três Mosqueteiros.

"Sempre adorei esse livro!" disse Alfred.

Mesmo nas situações mais difíceis, os livros unem sempre as pessoas. Cada membro da PAFHS9 esperava que fosse uma coisa no mundo que nunca mudasse.

CAPÍTULO XI

DÉJA VU

E-Z e Sam já não tinham muito tempo a sós, mas nenhum deles se queixava disso. Samantha receava que estivessem a perder o contacto e estava determinada a corrigir as coisas, surpreendendo-os com um pequeno-almoço madrugador no Ann's Café.

Chegaram à cozinha ao mesmo tempo - já que ambas tinham recebido mensagens para se vestirem e irem imediatamente para a cozinha.

"O que é que se passa?" perguntou Sam.

"Sim, o que é que se passa?" perguntou E-Z.

"Não se passa nada", disse Samantha. "Vocês os dois têm uma reserva no Ann's, por isso vão para lá agora mesmo - antes que toda a gente acorde e queira juntar-se a vocês."

Sam beijou a sua mulher.

"Achei que já era altura de tomarem o pequeno-almoço juntos outra vez.

E-Z deu um grande abraço a Samantha.

"Vamos fazer o nosso próprio caminho até lá?"

"Podes crer, tio Sam."

Sam pegou na mochila com o portátil e lá foram eles.

Estava uma bela manhã de primavera, com muitos cantos de pássaros a fazer-lhes uma serenata a caminho do café.

"A tua mulher é muito especial."

"Sim, é uma num milhão."

Em breve, chegaram ao café. Estava quase vazio e Ann não estava em lado nenhum, mas E-Z reconheceu a sua irmã, Emily. Não a via desde que era pequeno.

"Não mudaste muito", disse Emily, abraçando-o.

"Nem tu", disse E-Z, numa voz abafada, enquanto ela o sufocava com a sua camisola volumosa. "E este é o tio Sam.

"Consigo ver a semelhança", disse Emily, apertando-lhe a mão com firmeza. "Tenho a mesa perfeita para ti, segue-me.

Quando passaram pela sua mesa habitual, ele hesitou e olhou para o tio. "Importas-te que nos sentemos nesta, Emily?"

"Claro que sim!" Emily disse, colocando os talheres e entregando os menus. "Queres café?" Sam acenou com a cabeça e ela serviu-lhe uma caneca bem quente e fumegante.

"Vais querer o costume?", perguntou ela a E-Z. A minha irmã disse-me o que poderia ser".

"E tu?

"E era um batido de chocolate, não achas?

Ela acertou em cheio.

"E tu, Sam?", pergunta ela. "O que vais comer hoje?"

"Dois dos que o meu sobrinho está a tomar", disse ele, "mas não tomes o batido. O café é a única bebida de que preciso esta manhã."

"Pois é!", disse ela, e depois foi para a cozinha.

Sam abriu o portátil e voltou a fechá-lo.

"É bom vir para um sítio onde tudo é sempre igual", disse E-Z.

"Devia trazer o Sam e os gémeos aqui um dia destes. Gostava de apoiar o comércio local e é um bom exemplo a dar ao Jack e à Jill."

"Podes crer. Este sítio só me traz boas recordações", disse E-Z. "Mas um dia destes vou arriscar e pedir algo diferente. Tenho de dar um bom exemplo aos meus primos, não é?"

Sam riu-se e bebeu um gole de café. Um segundo depois, Emily apareceu e encheu novamente a chávena. "É como se ela tivesse olhos na nuca".

E-Z riu-se. A sua mente estava a pairar em torno de um certo assunto que queria discutir: As Fúrias. Ao mesmo tempo, não queria entrar logo numa conversa pesada.

"A minha mulher vai ter uma casa cheia de convidados para alimentar quando todos se levantarem.

"O Sobo vai ajudar-te".

"É verdade, mas acho que não nos devemos aproveitar. Gostava que pudéssemos fazer uma repetição, se é que me entendes?"

"Sem dúvida. Então, vamos ao que interessa.

Sam voltou a abrir o portátil. Desta vez ligou-o e digitou no motor de busca:

Como derrotar as Fúrias.

E-Z acenou com a cabeça, enquanto o seu batido era posto à sua frente. Tentou imediatamente beber um pouco do batido, mas era demasiado espesso para passar pela palhinha - e era mesmo assim que ele gostava. "Tens alguma coisa útil?"

"Diz que as Erínias - ou Fúrias - só podem ser aplacadas através de um ritual de purificação."

"O que queres dizer com isso?"

"Acho que significa que terias de fazer uma ação - a pedido delas, como expiação."

"Expiação não significa o mesmo que penitência? Não me agrada nada", disse E-Z. "Nós não fizemos nada para os compensar.

"Também pode significar Redenção. Reparação. Reparação. Restituição."

"Os quatro Rs, isso é cativante, mas mais uma vez pergunto o que é que lhes vamos pagar?

"Pensa fora da caixa", disse o Sam. "E se pudesses fazer alguma coisa, para os encorajar a irem dar uma volta e deixarem as crianças e os caçadores de almas em paz?

E-Z riu-se. "Se houvesse uma maneira, seria perfeito. Mas também seria fácil demais.

Sam coçou a cabeça. "Aqui diz que as Fúrias puniam homens e mulheres por crimes após a morte e durante a vida. Que é o que estão a fazer agora - crianças e não adultos. Não sabia disso.

"O que eu não percebo é porquê. Porque é que eles voltaram agora? O que é que mudou..."

"São todas excelentes perguntas às quais não te posso responder", disse Sam. "Mas, olha, aqui está uma coisa interessante. Diz que como Deusas do Destino elas impediram o homem de conhecer o futuro.

"Como exatamente?"

"Não diz", disse Sam, no momento em que Emily chegou novamente para refrescar a sua chávena de café. "Só um bocadinho", disse ele. Tinha medo de ir para casa a flutuar se bebesse mais café.

"O teu pequeno-almoço vai ser servido num segundo", disse ela. "Espero que tenhas fome!"

"Estamos mesmo", disse E-Z, enquanto tentava beber o seu batido espesso outra vez e conseguia passar algum pela palhinha.

Emily sorriu e depois foi cumprimentar alguns clientes novos.

"Antes de tudo isto", disse Sam, "nunca tinha ouvido falar das Fúrias. Diz aqui que na mitologia grega e romana elas eram espíritos de justiça e vingança. O seu outro nome, Erinyes, significa "as zangadas".

Desliza o cursor para baixo. "Vê algumas menções no mundo dos jogos. Nenhum dos adjectivos usados para as descrever contradiz o que já sabemos, ou seja, as Fúrias são criaturas maléficas e sinistras que não têm piedade."

"Gostava que o PJ e o Arden estivessem de volta connosco. Com os seus conhecimentos de feiticeiro, aposto que saberiam o que fazer. Desde que os perdemos, tenho-me sentido culpada por ter perdido o contacto com eles. Tudo porque me envolvi demasiado com o facto de ser um super-herói. Tenho mesmo saudades deles."

"Eles não iriam querer que te chutasses a ti próprio. E eu também tenho saudades de os ver por cá."

Emily pousa a comida na mesa: "Aproveita!", diz ela.

E-Z e Sam comeram avidamente, sem falarem durante algum tempo. Depois de muitos sons de comida, retomaram a conversa.

"Estava a pensar no plano - para os derrotar dentro do jogo. Parece-me bem - ou nós pensávamos que sim, até o Rafael nos dizer o contrário. Mas ainda bem que nos disse diretamente, senão... bem, nem quero pensar no que poderia ter acontecido a qualquer um dos miúdos."

"Mesmo assim, continuo a pensar que as Fúrias devem ter um calcanhar de Aquiles. Lembras-te da história?

"Lembro-me. Se elas têm um ponto fraco, não sei qual é. Sabemos que são mortais como nós. Se eles podem morrer, como nós, então, pelo menos, é uma igualdade de condições."

"Vamos concentrar-nos um pouco mais nos seus pontos fracos: a raiva, o rancor, a vingança."

"Essas são as mesmas coisas pelas quais eles castigam os outros, por isso como é que podem ser as suas fraquezas?" E-Z perguntou, enquanto enfiava uma garfada de panquecas na boca. "Então, és bom.

Sam acenou com a cabeça. Bebe mais um gole de café. "É verdade, o que significa que podemos usar contra eles as mesmas coisas pelas quais eles punem os outros."

"Mas como?"

"Isso eu não sei - AINDA."

"Talvez precisemos de mais do que uma sessão destas para resolver as coisas", disse E-Z. O seu segundo prato cheio de panquecas foi pousado na mesa à sua frente.

"A Ann acabou de ligar e disse-me para me certificar de que trazia uma segunda fornada de panquecas para ti", disse Emily.

"Obrigada. E diz à Ann que espero que ela se sinta melhor em breve.

"Digo-te. Queres mais café?"

Sam acenou com a cabeça e ela encheu-lhe a chávena. Quando Emily saiu, ele disse: "Volto já", e foi à casa de banho.

E-Z virou o ecrã para ele e escreveu:

COMO É QUE EU MATO AS FÚRIAS?

Apareceram algumas respostas, mas todas elas tinham a ver com a forma de derrotar as três deusas como personagens no mundo dos jogos.

Sam regressou. "Encontraste alguma coisa?"

"Não encontraste nada de útil. Embora diga que as raízes das Fúrias podem remontar a tempos pré-históricos.

"Bem, a linhagem do Bebé também é bastante antiga."

"Devias ter visto a rapidez com que ele devorou aquela bola de fogo! Devias ter visto a rapidez com que ele devorou aquela bola de fogo! Sem um segundo de hesitação.

Quando terminaram a refeição, agradeceram a Emily e foram para casa. Estavam tão cheios que pensaram que nunca mais voltariam a comer.

"Foi muito bom passar a manhã contigo", disse E-Z. "Pareceu-me como nos velhos tempos.

"Foi mesmo. Vamos repetir em breve. Entretanto, vamos pensar mais sobre o que aprendemos hoje, porque como diz o velho ditado - onde há vontade há um caminho".

"É verdade, é verdade, Tio Sam. Verdade, verdade, verdade."

CAPÍTULO XII

VOLTA PARA CASA

QUANDO CHEGARAM A CASA, a primeira coisa que Sam fez foi abraçar a mulher. Ela estava contente por o ver, mas tinha as mãos ocupadas a preparar o pequeno-almoço.

"Ainda bem que gostaste", gritou Samantha.

"Posso ajudar-te em alguma coisa? perguntou Sam, enquanto avaliava a situação com os gémeos.

"Está tudo controlado", disse Samantha, enquanto, atrás dela, os gémeos soltavam um gemido.

A maioria porque Haruto parou por um momento de jogar a sua versão de hon no piku, que traduzido significa espreitar. Na versão de Haruto, ele fazia uma careta, depois girava muito depressa até desaparecer, depois reaparecia e os gémeos riam-se.

"É muito criativo! disse Sam, enquanto Lachie entrava em cena para assumir o papel de animador.

Lachie começou logo a fazer algumas imitações de animais e recebeu elogios dos gémeos quando se riu como um kookaburra:

koo-koo-koo-kaa-kaa-KAA!-KAA!-KAA!

Depois, foi a vez de Carlos se entreter com a sua história chamada "Os Três Pedregulhos".

"Iwa? disse Haruto, que, traduzido, significa pedras.

"Sim", disse Charles, enquanto E-Z e Sam se retiravam para a porta para ouvir a história, enquanto Alfred, Sobo, Brandy, Lia e Samantha continuavam a preparar a comida.

"Era uma vez", começou Charles, "uma colina, muito acima do Canal da Mancha. E sobre ela havia muitas, muitas pedras. Na verdade, eram demasiados para contar.

"Nesse dia em particular, um camião grande e pesado subiu a colina, rangendo e fazendo ranger as engrenagens à medida que avançava. Quando chegou ao cimo, colocou um elevador de pedras, que se debateu com o peso de cada pedaço de pedra. Durante horas, conseguiu recolher o máximo de pedras possível. Até que a parte de trás do camião ficou cheia. Mas não demasiado. Encher demasiado significava que as pedras rolariam do camião quando este se movesse, o que devia ser evitado a todo o custo.

"O camião desceu a colina. Esvazia os pedregulhos para outro camião maior. Um camião que era demasiado grande para conseguir subir a colina e que não tinha mecanismo de elevação. Quando o camião mais pequeno ficou novamente vazio, voltou a subir a colina. Em pouco tempo, estava novamente cheio de pedras.

"Este processo foi repetido várias vezes, até que o camião maior ficou cheio até ao topo. Todos os restantes pedregulhos tinham de ser transportados no camião mais pequeno. Agora que ambos os camiões estavam cheios, o trabalho pesado estava terminado. Então, chegou a hora do almoço. E os homens comem as suas sandes e bebem as suas garrafas térmicas cheias de chá quente e doce.

"De volta ao topo do penhasco, só restavam três pedregulhos solitários. Estavam tristes por terem perdido os seus amigos e sentiam-se rejeitados, indesejados, desnecessários e bastante zangados, tudo ao mesmo tempo. Sentir demasiadas emoções ao mesmo tempo pode ser confuso, mas partilhar sentimentos com amigos pode ajudar, por isso os três pedregulhos discutiram a sua situação."

"O que é que eles estão a fazer com todos os nossos amigos?" perguntou o primeiro rochedo, cujo nome era Rocky.

"Não sei", disse a segunda pedra, cujo nome era Seixos. "Talvez eles também precisem de amigos para onde vão. Vou ter saudades deles.

"Não," disse a terceira pedra, que era mais velha e mais sábia e que se chamava Craggy. "Eles não os vão levar para verem o mundo. Nem para serem teus amigos. Não sabes que eles nos esmagam para fazer as suas estradas."

"Não!" O Rocky e o Pebbles gritaram. "Eles não podem esmagar os nossos amigos até ficarem em papa!"

"Gostava que me tivessem levado também", disse o Craggy. "Já estou demasiado velho para ficar aqui sentado com este tempo rigoroso. Os ventos fortes quebram a minha camada exterior e eu não me importava de passar o meu futuro como uma estrada. Pelo menos assim teria um objetivo".

"Um objetivo?" exclamou Rocky. "Chamas a ser esmagado e ter veículos a atropelarem-te todos os dias e todas as noites um objetivo?"

"É melhor do que ficarmos aqui sentados, só nós os três, para sempre. Estou farto do vento, da chuva e de tudo o resto", disse Craggy.

"Bem, se estás assim tão interessado," disse Pebbles, "então tudo o que tens de fazer é rolar para fora da borda. Caías na parte de trás do camião e ias embora com o resto dos nossos amigos".

"Oh, é muito longe", disse o Rocky enquanto se aproximava um pouco mais da borda. "Queres mesmo deixar-nos assim tanto? Não consegues encontrar um objetivo, ficando aqui connosco? Nós precisamos de ti. És mais velho e mais sábio".

Craggy moveu-se em direção à borda, e espreitou por cima do lado. Era verdade, o camião estava mesmo ali. Algumas gotas de suor escorriam. Ou eram gotas de suor, ou lágrimas.

"É um caminho muito longo para baixo", disse Craggy. "E não seria correto da minha parte deixar-vos sozinhos."

Pebbles disse: "E se tu perdesses o camião e te desfizesses em pedaços lá em baixo! Nós estaríamos aqui em cima, com esta vista maravilhosa e tu estarias lá em baixo sozinho."

"Além disso," disse o Rocky, "eles podem vir buscar-nos um dia. Entretanto, podemos conversar e apreciar a vista e o ar fresco."

Por baixo deles, o camião voltou a arrancar.

FAZ CHUGGA CHUGGA VROOM, VROOM.

"É agora ou nunca", disse Craggy, enquanto o camião se afastava.

"Pelo menos estamos juntos", disse Rocky.

"Os três rochedos amontoavam-se ombro a ombro. Viram-se de costas para o vento, respiram o ar fresco e olham para a bela vista do sol a pôr-se no horizonte.

"A moral da história", diz Charles.

Foram as últimas palavras que E-Z ouviu antes de voltar a entrar no maldito silo.

CAPÍTULO XIII

SILO

"Bᴇᴍ-ᴠɪɴᴅᴏ ᴅᴇ ᴠᴏʟᴛᴀ!", ᴅɪssᴇ a voz na parede com uma exuberância que fez com que os ombros de E-Z ficassem tensos como se alguém estivesse em cima deles. Relutante em reagir, roda os ombros primeiro para a frente e depois para trás, na esperança de aliviar a tensão.

"DOT. DOT", disse uma segunda voz na parede, mas desta vez a voz era mais calma, quase um sussurro.

Abriu a boca para responder, mas não lhe veio nada à cabeça, por isso ficou calado, para além do estalar dos dedos que esperava que aliviasse o seu corpo tenso.

A primeira voz, com um tom mais calmo, perguntou: "Vejo que te sentes tenso, preocupado. Há alguma coisa que te possa arranjar para passar o tempo durante a tua espera? Queres uma bebida? Um livro? Uma viagem na tua mente?"

Ela era muito perspicaz para uma voz na parede, e isso ajudou-o a descontrair um pouco, mas ele não estava muito interessado em aceitar a oferta, pois não fazia ideia do que implicava uma viagem na mente.

"Vejo que estás hesitante..."

Senta-se direito e alto na cadeira, e tamborila os dedos nos braços como se estivesse a tocar Smoke on the Water, dos Deep Purple. Ele e o pai tinham duelado com ela numa versão obsoleta do Guitar Hero, e tinham-se divertido imenso. Lembrar-se desse momento agora, fê-lo sentir como se o pai estivesse no silo com ele.

"Tens a certeza que não queres uma viagem na tua mente?", perguntou novamente a mulher na parede. "Vais divertir-te imenso!"

Vais-te divertir imenso! Ele tinha acabado de usar essa palavra na sua mente para descrever a Guitarra Heroica com o seu pai. Sem dúvida que a mulher na parede conseguia ler-lhe a mente.

"Uh, o que é exatamente?" perguntou ele. "Não estou a dizer que quero experimentar, não até saber mais sobre o que envolve."

"É um lugar para onde te posso enviar. Um lugar especial onde podes viver um sonho."

Parecia inacreditável... e antes que ele pudesse responder...

DUH DUH DUH,
DUH DUH DUH DUH
NÃO TE PREOCUPES.
DUH DUH.

Ele estava no palco, a tocar guitarra principal, com uma banda que ele reconheceu imediatamente como os Deep Purple originais.

O vocalista, que tinha deixado a banda mas que tinha tocado a guitarra principal original em Smoke in the Water, não parecia importar-se com o facto de E-Z estar agora a fazer o seu papel e também não estava a fazer um mau trabalho. O cantor fez-lhe um sinal de positivo e depois atravessou o palco até onde E-Z estava sentado na sua cadeira de rodas. Juntos, tocaram alguns riffs enquanto o público gritava, aplaudia e aplaudia. Quando deu por si, estava de novo no silo, mas a sensação de tensão que sentira anteriormente tinha desaparecido por completo.

"Obrigado! Foi fantástico! Não te consigo dizer o quanto significou para mim. Nunca mais me vou esquecer. Nunca mais!" hesitou e pensou que a única coisa que o teria tornado melhor, seria ter o seu pai ali em cima do palco com ele.

"Desculpa não ter podido incluir o teu pai... mas foi só uma antevisão. E não tens de quê. Agora, fica quieto. Espera um minuto."

"Acho que a coisa a sério vai dar-me cabo da cabeça!" E-Z disse enquanto inclinava a cabeça para trás e revivia a experiência novamente, já se sentindo tão completamente relaxado que podia ter dormido uma sesta.

PFFT.

O cheiro desta vez era diferente, hortelã-pimenta e outra coisa que ele não conseguia identificar.

"É alecrim", diz a voz na parede.

"É bastante refrescante." Os seus olhos estavam fechados, e ele estava à deriva na sua mente, quando o teto por cima da sua cabeça se abriu num bocejo. Abana a cabeça, abre os olhos, preparando-se para o que estava para vir.

Os raios de luz entraram no contentor de metal, saltando e ricocheteando de parede em parede. Tapa os olhos, para os proteger do inquietante espetáculo de luz. Quando as luzes saltitantes terminaram, uma figura entrou pelo teto aberto. Que entrada ela tinha feito. Era o Rafael.

"Uh, olá," disse ele. "Fizeste uma bela entrada."

"Eu fui promovido," o arcanjo admitiu, "e uma certa quantidade de floreio é necessária. Talvez, um pouco exagerado neste caso, mas é uma promoção relativamente nova. Todas as promoções têm uma curva de aprendizagem."

"Parabéns pela promoção."

"Obrigado, agora vamos ao que interessa, porque estás aqui."

"Claro que sim."

E-Z esperou pacientemente que Raphael voltasse a falar, mas durante algum tempo não o fez. Em vez disso, esvoaça, como um pássaro a testar as suas asas pela primeira vez. Estaria ela a exibir-se? Se sim, porquê? Então vê que ela está a usar um par de óculos novos. Eram maiores, mais distintos, com armações maiores e lentes mais grossas, e faziam-na parecer uma versão feminina do Sr. McGoo.

"Uh, óculos bonitos," mentiu.

"Não foram a minha primeira escolha," admitiu Rafael, "mas vão ter de servir." Ela aproximou-se do lugar onde ele estava sentado e pairou. "Parece que sim." Pára e move-se desconfortavelmente.

SKIDOO

Chega uma cadeira, na qual ela se senta por um instante.

PIADA

E desaparece. Volta a pairar. Coloca a palma da mão aberta no lado da cara. "Não te esqueças de que o teu pai é um homem de confiança. Não digo isto no sentido real, mas no sentido de todos os arcanjos.

"Tais como?"

Mais uma vez, ela se mexeu.

"Devo pedir à parede para borrifar um pouco de lavanda para te relaxar? Pareces bastante tenso."

Depois estava na cara dele a gritar: "A alfazema não funciona nos arcanjos! É uma coisa vil, humana...". Respira fundo. "Desculpa-me.

"Não faz mal. Eu percebo, tens más notícias para me contar. É melhor arrancares o penso rápido. O que quero dizer é: diz-me logo."

"Muito bem. Aqui tens."

E-Z inclinou-se para mais perto: "Ok, dispara."

Nos altifalantes da parede tocava uma música, qualquer coisa sobre matar um xerife.

Ele começou por cantarolar, "Pára!" E-Z ordenou-lhe. "E diz-me porque estou aqui."

"Ele quer ir direto ao assunto", disse Raphael para si próprio. "Bem, então aqui está. Vou direto ao assunto."

"Está bem, faz isso." E-Z disse, desejando que ela o fizesse.

"Resumindo," disse ela, "a Eriel foi apanhada em flagrante - a jogar para os dois lados."

"A jogar o quê?" Então, algo na tua mente se alterou. "Não, não podes querer dizer que ele nos traiu?"

Ela bateu com o dedo ossudo no queixo, enquanto E-Z abria e fechava a boca como um peixinho fora de água.

"Sim. Eriel foi pessoalmente responsável pela morte da tua amiga Rosalie. Também foi responsável pela destruição da Sala Branca. Tudo ele. Tudo Eriel."

E-Z absorveu tudo. Pobre Rosalie. "Espera! Ele não estava a trabalhar para ti? Quero dizer, não eras tu que mandavas nele? Como é que isto pode ter acontecido no teu turno? Já li algumas coisas sobre arcanjos, mas trair crianças que se voluntariam para te ajudar é o mais baixo que podes ir. Acho que os leopardos não mudam as suas pintas."

"Eu não estava encarregue do Eriel. Ele e eu éramos colegas de trabalho, camaradas. Trabalhámos juntos e pensei que nos respeitávamos. Enganei-me."

"E, no entanto, foste promovido.

"Fui, mas as duas coisas não estavam diretamente ligadas. Tudo o que te posso dizer é que o Eriel já foi um de nós, agora já não é. Depois de nos trair, a nós e a ti. Depois de virar as costas aos seus princípios - tudo o que defendemos - está fora. Quero dizer, está permanentemente fora".

E-Z ofegou. "Estás a dizer-me que a Eriel nos denunciou? Por nós, refiro-me a mim e à minha equipa?"

"O Michael, que é o nosso líder, tem estado a interrogar o Eriel. Foi preciso algum esforço para o fazeres falar. Mas ele confessou ter trazido as Fúrias de volta à Terra. Usa-as para fazer avançar o seu posto. Não há redenção. Não há perdão para o Eriel."

"Estou sem palavras. Como é que isto aconteceu?"

"Como? Bem, se soubéssemos como, então saberíamos porquê - o que não sabemos. O que sabemos é que ele é o Eriel e o Eriel faz sempre o que é melhor para o Eriel. Sabíamos que ele tinha problemas e, no entanto, continuámos a dar-lhe oportunidades para provar o seu valor - e quando ele nos falhou - perdoámos-lhe e demos-lhe outra oportunidade e outra oportunidade. Continuámos a acreditar nele até agora. Ele está acabado. Estás feito."

"Acabaste? Queres dizer morto? Os arcanjos morrem? E porque lhe deste tantas oportunidades? Não conheces o ditado, três strikes e estás fora?"

"Sim, já ouvi essa terminologia do basebol, mas nós somos arcanjos e espera-se que todos falhemos, ou que tenhamos uma recaída a algum nível. E tens razão sobre o incidente do Jardim do Éden. A nossa história é muito antiga... mas pensávamos que estávamos a melhorar, que estávamos a melhorar. Eu próprio sou o santo padroeiro dos jovens, como tu e os teus amigos.

"Foi por isso que sugeri que trabalhássemos contigo para derrotar aquelas Fúrias horríveis. Foi o Eriel que me encorajou a fazê-lo. Foi ele que te descobriu. Foi ele que te descobriu. Que enviou Hadz e Reiki até ti. Até aquelas irmãs horríveis chegarem, estávamos a acrescentar algo positivo à vida de todos vós... Estávamos a dar-te um propósito. Lembras-te das vezes em que quiseste desistir? Não o fizeste porque te ajudámos a continuar."

"Está bem, percebo que a Eriel é uma vilã. O que é que isto significa para mim e para a minha equipa? Do meu ponto de vista, a nossa missão foi comprometida. Por isso, estamos fora e acho que devias passar para o plano B."

"O problema é que", disse Raphael, e depois parou, quando o teto acima se reabriu e Ophaniel chegou sem qualquer floreado enquanto flutuava em direção a eles.

"Há muito tempo que não te via", disse Ophaniel dirigindo-se a E-Z. Depois, dirige-se a Rafael: "Ele está em forma?

"Sim, está. E ainda bem que estás aqui, porque ele quer saber qual é o nosso Plano B."

Ophaniel acenou com a cabeça. "Muito bem. Para ser o mais claro possível, nós não temos um Plano B ou C ou D - porque tu e a tua equipa eram todos os nossos Planos num só."

E-Z abanou a cabeça em descrença. Vocês, arcanjos, nunca ouviram a frase "não ponhas todos os ovos no mesmo cesto"?

Ophaniel riu-se. "Sim, a sua origem vem do personagem Dom Quixote, de Cervantes, mas nunca fez muito sentido para mim. Talvez porque nós, arcanjos, não comemos ovos. Só de pensar na sua geleia - yuck - dá-me vontade de vomitar."

"Eu também", disse Rafael, tapando a boca com as costas da mão. "Para além do seu aspeto nojento, porque é que se põem ovos num cesto? Porque não numa tigela? Se estás a preparar ovos..."

"Se estás a preparar ovos...", diz Ophaniel. "Já vi o Jamie Oliver a fazer uma omeleta. Usa primeiro uma tigela e depois cozinha-os".

"Oh, irmão, e eu não acredito que tu, arcanjo, vejas televisão, quanto mais o Jamie Oliver. Ele abanou a cabeça. "Quer dizer que se puseres os ovos todos juntos, num sítio - como um cesto ou uma tigela ou uma frigideira ou o que preferires - se deixares cair o cesto ou a tigela ou a frigideira - então todos os ovos se partem e se estragam com as cascas - por isso não vais ter ovos para o pequeno-almoço."

"Mas as galinhas não põem ovos todos os dias? Por isso, se não tiveres ovos hoje, voltas amanhã", diz Ophaniel.

"O que é um dia sem um ovo? perguntou Rafael.

E-Z abriu a mão e bateu com ela na cabeça. "Argghh! Os arcanjos olharam para ele e esperaram enquanto ele inspirava profundamente e depois expirava muito alto. "O que é que vais fazer em relação a esta situação do Eriel?

"Primeiro," disse Ophaniel, "aqui estão os teus dois amigos que regressam hoje, a teu pedido especial..."

POP

POP

Hadz e Reiki, ou o que parecia ser os dois aspirantes a anjos, chegaram. Estavam enegrecidos de fuligem, da cabeça aos pés. As suas pétalas estavam tortas, rasgadas, algumas abertas e levantadas, outras mortas e murchas. As suas asas estavam caídas, como se se tivessem esquecido de como voar ou não tivessem vontade de o fazer, e os seus rostos, a expressão nos seus rostos era de extremo desespero.

"O que é que lhes aconteceu?" perguntou ele.

Ophaniel aproximou-se dos dois aspirantes a anjos deslocados e eles recuaram.

"Agora estás a salvo", disse Rafael, com uma voz suave e maternal, o que fez com que eles começassem a soluçar e a chorar.

Ophaniel tapou os ouvidos, depois aproximou-se de E-Z e sussurrou. "Eriel tinha-os aprisionados.

Demorámos algum tempo a encontrá-los desta vez. Os pobres coitados não puderam evitar, porque ele tirou-lhes os poderes".

"Coitadinhos", disse E-Z.

E-Z, Ophaniel e Rafael viraram-se para as criaturas. Hadz e Reiki tentaram sorrir. Nem sequer se aproximaram.

Os dois se debateram, como se estivessem se defendendo de um bando de abutres.

"Fica quieto," disse Ophaniel.

Hadz e Reiki pararam de se mexer. Agora sentavam-se como um par de bonecas sujas, com os olhos fixos em nada e em ninguém. Não te preocupes com isso.

"Não quero ser rude", sussurrou E-Z, "mas no estado em que estão, não nos vão ajudar muito. Isto se nos conseguires convencer a seguir em frente com este plano, dadas as circunstâncias".

As palavras de E-Z atingiram os dois aspirantes a anjos como uma bofetada na cara.

POP

POP

"Que crueldade tão rude e desnecessária!" repreendeu Ophaniel antes de desaparecer.

ZAP

"Mostraste-nos um lado muito cruel do teu carácter, E-Z Dickens, e se a tua mãe e o teu pai estivessem aqui, teriam vergonha de ti.

"Desculpa", disse E-Z, "mas nunca mais me fales dos meus pais. Para ti, arcanjo, eles estão fora dos limites. Percebeste?"

Raphael acenou com a cabeça.

"Além disso, não queria ferir os teus sentimentos. Claro que podemos usá-los. Se tivermos de lutar contra as Fúrias, então vamos precisar de toda a ajuda possível. Volta, por favor, Hadz e Reiki. Dá-me outra oportunidade."

Nada.

E-Z tenta de novo. "Volta e serás um membro muito bem-vindo da nossa equipa."

POP

POP

Os dois estavam agora limpos e arrumados como antigamente.

"Bem-vindos de volta", disse E-Z.

Hadz e Reiki voaram até ele. Cada um tomou lugar num dos seus ombros. Tremiam, involuntariamente, com medo das suas próprias sombras.

"Fica bem," disse ele. "Vamos proteger-te, agora que fazes parte da nossa equipa".

Eles tentaram sorrir, e ele apreciou o esforço.

"Então", disse E-Z, "o que é que o Eriel disse exatamente às Fúrias sobre nós?"

"Ele disse-lhes que estávamos a enviar crianças para as derrotar - só isso."

"Foi isso que ele te disse? Como é que sabemos que ele não está a mentir? E como é que vamos descobrir qual é o objetivo das Fúrias?"

"Achamos que sabemos que o objetivo final das Fúrias e de Eriel era controlar a Terra. Iam atingir a PAUSA TERRESTRE e transformá-la num Novo Hades, ou seja, o inferno na Terra. Onde poderiam governar, formando uma equipa de almas que estariam à sua mercê. Sim, eles deixariam as almas vaguear livremente, mas uma vez que tivessem a sua liberdade - teriam de a abandonar."

"Porque é que eles concordariam em desistir?" perguntou ele.

"Porque os humanos, mesmo as almas humanas, não conseguem processar o conceito de liberdade. Em vez disso, preferem ser limitados. A falta de liberdade é o cobertor de segurança humano".

"Isso é mentira", disse E-Z. "Deixa-me tão zangado! Nós, humanos, sabemos apreciar a nossa liberdade. Gostamos da natureza, de poder respirar o ar, de partilhar os nossos pensamentos e sentimentos com os outros, de apreciar o mundo e tudo o que temos nele.

"Suficientemente zangado para lutar pela tua liberdade e pela liberdade dos outros? disse Ophaniel.

E-Z nem sequer tinha reparado que ela tinha regressado.

"Sim," disse ele. "Mas diz-me, neste novo mundo deles, eles só escolheriam as almas que pudessem controlar. O que aconteceria com as outras?"

"Iriam flutuar para sempre, sem casas," disse Raphael. "Neste novo mundo deles, a vida depois da morte seria eliminada. A Terra ficaria para sempre em estado de pausa. As almas permaneceriam em corpos que já não estariam vivos, nem mortos. Não haveria mais corações a bater. Não haveria mais amor ou filhos para nascer. Não haveria almas para ascender - mais - nunca".

E-Z ficou em silêncio, pensando, absorvendo tudo.

A voz na parede perguntou: "Alguém quer um refresco?"

"Não, obrigado", disse ele, mas ficou contente com a interrupção, que o trouxe de volta ao momento. "Compreendo o que Eriel estava a fazer com As Fúrias. O facto é que ele é um arcanjo como tu, e tu sabias que ele tinha problemas, mas mesmo assim deste-lhe oportunidade atrás de oportunidade, mesmo quando ele não a merecia. Por isso, agora pergunto-me porque é que nós, eu e a minha equipa, devemos corrigir o que um dos teus próprios arcanjos estragou?"

"Porque..." Raphael começou.

"Eu ainda não tinha acabado", disse E-Z, "antes de tu e Eriel visitarem a minha casa, quando ele conheceu a minha família e os outros membros da equipa, pensámos que ele estava do nosso lado. Já viu onde vivemos. Sabe tudo sobre nós. Estamos em grande perigo por causa dele.

"Isso é verdade", disse Ophaniel.

"É inegável e nós lamentamos muito", disse Raphael.

"Pede a Eriel que os mande embora. Ele criou esta confusão e deve resolvê-la." Bate com os punhos fechados nos braços da cadeira, fazendo Hadz e Reiki saltarem e tremerem. Dá uma palmadinha na cabeça dos aspirantes a anjos. "Não faz mal, desculpa se te chateei."

"Bravo!" Hadz aplaudiu.

"Hurra! Reiki gritou.

Raphael e Ophaniel disseram em uníssono: "Eriel está preso nas entranhas da terra. Está num lugar onde nenhum humano se atreve a ir. Em suma, não podes alcançá-lo."

"Mas nós escapámos das minas, uma vez", disse Reiki.

"Duas vezes", disse Hadz.

"Ele não está nas minas, está noutro lugar, mais abaixo, não tão abaixo como nos fogos, mas noutro lugar onde está tão frio que tudo se transforma em gelo, até o sangue que corre nas veias. Um lugar onde nenhum humano poderia sobreviver!

"Eriel também não tem poderes, pois os seus foram-lhe retirados. Está fechado à chave, não vê ninguém. Não ouve nada. Nunca mais lhe será permitido sair daquele lugar - NUNCA."

"Quero falar com ele", disse E-Z. "Preciso de lhe fazer perguntas - perguntas que só ele pode responder.

Rafael e Ophaniel gritaram: "Não podes! Não podes!"

"Então retiro o apoio da minha equipa. Por favor, devolve-me à minha casa. Haruto e os outros podem voltar para as suas famílias." Ele parou de falar quando um flash de PJ e Arden apareceu em sua mente. Se não fizesse nada, eles ficariam presos em coma, talvez para sempre.

Lembra-se de todas as vezes que eles o ajudaram. O teu primeiro dia de regresso à escola numa cadeira de rodas. A vez em que o reintroduziram no jogo de basebol - tinham todos os rapazes da equipa no campo para o cumprimentar. A vez em que o ajudaram a ultrapassar tudo quando os seus pais morreram. Caiu-lhe uma lágrima pela face. Limpa-a.

"LEVA-O!", trovejou uma voz na parede.

Depois, de repente, ficou muito, muito frio. Tão frio que imaginou que podia realmente sentir o sangue nas suas veias a transformar-se em gelo.

CAPÍTULO XIV
ERIEL NO GELO

ESTÁS SOZINHO. Tão SOZINHO. E tão frio, tão muito, muito frio. Era como se estivesse dentro de um cubo de gelo oco. Quando inspirava, o gelo enchia-lhe os pulmões.

Vai até à borda. Respira para dentro dele. Embacia-se. Não era um cubo de gelo, era um cubo de vidro. E tinha uma pega. Parecia ser feito de medalha. Temendo que a sua pele se colasse a ela, usa a camisa e abre-a.

O que estava lá dentro era uma coleção de cobertores quentes, edredões, casacos de malha, chapéus, luvas - tudo. Pega na mala e agasalha-se.

Quando enfiou os braços no casaco de malha, lembrou-se de uma vez em que o pai tinha usado uma camisola semelhante numa viagem de esqui. Era verde, como esta, e por fora era áspera ao toque mas, por dentro, era quente como uma torrada. Quando a puxou à volta de si e a abotoou à frente, o cheiro a carvalho da loção de barbear preferida do pai encheu-lhe as narinas. Uma forte sensação de déjà vu dominou-o, quando meteu os dedos num par de luvas de veludo preto - luvas que jurava terem pertencido ao seu pai. Mas não podiam ser, pois tudo tinha sido destruído no incêndio. Envolve os braços à volta de si próprio, tentando aquecer-se. Pensa que é o frio que se apodera do seu corpo e da sua mente.

Afasta outros objectos, descobrindo no fundo da caixa um cobertor que reconhece imediatamente. Tricotada à mão, pela mãe, no sofá, noite após noite, e quando ficou pronta tomou o seu lugar - nas costas do sofá de couro. Para as noites de cinema e para tapar os olhos se algo de assustador acontecesse.

Tira as luvas e toca-lhe, para ver se é verdadeiro, e depois encosta-o à bochecha. O aroma florido do perfume da mãe chegou até ele, confortou-o. Uma lágrima escorreu-lhe pela face, enquanto reaplicava as luvas e depois embrulhava o cobertor da mãe à volta do casaco de malha do pai. Usa o cobertor como um capuz e observa o que o rodeia.

Por cima da sua cabeça, mas apontando para baixo com os seus espigões afiados, havia estalactites de gelo de todos os tamanhos e feitios. Se uma delas caísse, perfurava-lhe o topo do crânio e continuava a atravessá-lo até aos dedos dos pés. Quem lhe dera ter um chapéu de construção...

BINGO

E apareceu-lhe um capacete amarelo na cabeça, depois outro e mais outro e mais outro. Sente-se como o George Curioso e sorri. Agora estava pronto para tudo.

Procura uma porta, avançando ao longo das paredes do cubo. Não vê nenhum puxador. Em que tipo de prisão é que o tinham deixado cair?

Finalmente, encontra uma borda, no centro da parede direita. Tira uma luva e usa a unha para arranhar a superfície do que rapidamente descobre ser uma janela. O que vê não o deixa menos ansioso. O seu cubo era um dos muitos que se estendiam ao longo do túnel até onde a vista alcançava. Nenhum dos ocupantes era visível por detrás das janelas envidraçadas dos seus próprios cubículos.

Respira no vidro e escreve a palavra "HELP!" ao contrário, para o caso de alguém a ver. Depois apaga rapidamente, lembrando-se de quem tinha vindo ver: Eriel.

E-Z moveu-se ao longo da frente do cubo, para o lado mais afastado, e mais uma vez encontrou uma moldura que tinha a certeza ser uma janela. Raspou a superfície e logo encontrou quem procurava: o traidor.

O outrora poderoso arcanjo tinha um aspeto patético, como se alguém o tivesse picado com um alfinete e deixado sair todo o ar. O seu corpo estava preso à parede. Ao princípio, E-Z pensou que ele estava a ser mantido no lugar pela gravidade ou por algum tipo de força invisível, mas depois percebeu, após uma inspeção mais atenta, que todo o corpo de

Eriel estava contido num grosso bloco de gelo. O cubo de Eriel tinha sido moldado ao seu corpo, por isso a água gelada enchia todos os recantos da sua forma e ele, ao contrário de E-Z, não tinha acesso a cobertores.

CLANK. CLANK. CLANK.

E-Z esticou o pescoço para a esquerda quando ouviu o som de passos a reverberar. Sentia que a coisa estava a aproximar-se, mas não a conseguia ver.

CLANK. CLANK. CLANK.

E-Z abanou a cabeça. Tinha de se concentrar, de se manter no momento e, no entanto, estava a sentir outra estranha sensação de déjà vu.

A sua mente voltou ao sonho que teve há algum tempo, sobre uma festa de aniversário com PJ e Arden. Nesse sonho, uma figura encapuzada tinha chegado, fazendo um som semelhante. O sonho era sobre encontrar um boné de basebol desaparecido.

Quando o som se tornou ensurdecedor, vislumbrou a figura, que era um guerreiro, maior do que a vida, com asas do tamanho de duas árvores de bordo adultas. Numa das mãos, o arcanjo trazia um escudo dourado e na outra uma espada. E-Z protegeu os olhos quando a luz atingiu o casco da espada.

CLANK. CLANK. CLANK.

O arcanjo guerreiro parou à frente de Eriel, que não levantou os olhos para ver o recém-chegado.

Até ele parar, E-Z não tinha notado as enormes asas do arcanjo, que enquanto ele andava, estavam em repouso. Agora, o guerreiro se levantou, de modo que os rostos dele e de Eriel ficaram nivelados.

"Tens uma visita", disse ele.

Os olhos de Eriel permaneceram baixos.

"Os teus olhos não me enganam", disse o guerreiro. "Tu te envergonhaste. Envergonhaste-nos a todos - e mesmo assim, não sentes pena, e não te arrependes. Fala comigo. Diz-me porque é que eu devo permitir que tenhas uma visita."

Eriel continuou olhando para o chão, enquanto ele murmurava algo inaudível.

"Fala!", exigiu o guerreiro.

"Eu me arrependo!" Eriel vomitou. "Eu me arrependo de ter falhado em..."

"Silêncio!", exigiu o guerreiro.

CLANK. CLANK. CLANK.

Agora o guerreiro estava do outro lado do vidro, cara a cara com E-Z.

"Eu sou o Michael", disse ele.

"Uh, olá, sou o E-Z." Conhece a voz do homem. Foi ele que ordenou a Rafael e Ophaniel que o deixassem falar com Eriel.

"Levanta-te", disse Michael.

"Não consigo andar," disse ele.

"Consegues se eu disser", revelou Miguel, "e eu digo que sim. Levanta-te, E-Z Dickens!"

E-Z sentiu-se como um daqueles que se preparam para ser curados numa cerimónia na televisão. Com relutância, levanta-se da cadeira. As pernas vacilaram um pouco, mais por medo do que por descrença. Afinal de contas, Miguel era o arcanjo mais poderoso. Segundos depois, E-Z estava de pé dentro da parede de gelo.

"Pediste para falar com aquela coisa, aquela coisa caída ali na parede. Ele não te vai ajudar porque está podre até ao tutano. E, no entanto, ele DEVERIA ajudar-te. E DEVERIA ajudar-te a ti e a todos nós, para não se transformar numa escultura de gelo - um elemento permanente deste lugar."

A cada palavra que dizia, a voz de Michael fazia com que E-Z se sentisse mais forte e mais confiante.

Eriel ergueu os olhos.

Por um segundo, E-Z vislumbrou algo ali. Terá sido derrota? Terá sido remorso?

Eriel fechou os olhos e o seu corpo ficou mole dentro da prisão de gelo que o prendia.

"Acho que ele desmaiou", disse E-Z.

CLANK. CLANK. OLHA.

Michael voltou para ver de perto a sua prisão de gelo. Uma serpente saiu do topo da bota e começou a rastejar em direção ao rosto de Eriel. A coisa arrastava-se para cima, para cima, com a sua língua bifurcada a mover-se para trás e para a frente, como se tivesse fome de sangue.

Miguel disse: "O corpo do meu amigo está a derreter-se em direção à tua cara, Eriel. Não vais abrir os olhos e dizer olá?"

Eriel abriu os olhos e, ao ver a cobra a subir pelo seu corpo, soltou um grito.

"GARUUUUUUUUUUUMMMMM!"

Miguel estala os dedos e a cobra pára de se mexer. Usando a unha, Michael raspou o gelo. Dentro dele, o corpo de Eriel vibra. Como se estivesse a ser eletrocutado.

"MMMMM,hhhhh,MMMMMMM!"

"Pára! E-Z gritou, tapando os ouvidos. "Por favor!"

Michael parou de escarafunchar. Levanta o braço e a cobra dá a volta e volta a deslizar para dentro da bota.

"Este rapaz tem piedade de ti, Eriel. É mais do que mereces."

Eriel continua a gemer em desespero.

Michael continua, virando-se para E-Z: "Dou-te cinco minutos para fazeres as perguntas que quiseres à Eriel."

Depois, para Eriel: "Podemos obrigar-te a falar com ele, mas eu preferia que o ajudasses por tua própria vontade. Em tempos, escolheste salvar a vida deste jovem rapaz. Ele, por sua vez, pagou a tua dívida. Agora, traíste-nos e tens de reconquistar a nossa confiança."

Michael levantou o pé e deu um pontapé na estrutura de gelo em que Eriel estava envolta. Ela tremeu, mas não se partiu ou estilhaçou.

"Metes-me nojo! Esperas que este rapaz humano resolva os teus erros. Que, de facto, corrija os teus erros. Mesmo assim, ele quer dar-te uma oportunidade de responder às suas perguntas. Por isso, ajuda-o. Esta é a tua única hipótese, a tua única oportunidade de nos provares que ainda tens algo dentro de ti que vale a pena salvar. Uma parte de ti que ainda não se tornou podre até ao teu âmago."

Eriel levantou os olhos, "Senhor." Baixa-os novamente.

"Podes ser perdoado, mas se escolheres não o ajudar - a tua falta de cooperação será devidamente notada."

Os olhos de Eriel permaneceram focados no chão.

"Compreendes? perguntou Miguel. Quando Eriel não respondeu, a voz de Miguel trovejou: "ENTENDES?"

Pareceu a E-Z que o gelo à sua volta se abanou e tremeu com o som da voz de Miguel e ele ficou mais uma vez grato por todos os capacetes que protegiam o seu crânio. Esperava que fossem suficientes, caso contrário seria enterrado neste lugar com Eriel e Michael para sempre e nunca mais veria o Tio Sam, ou os seus amigos.

Erlel acenou com a cabeça.

"Cinco minutos", disse Michael.

FAZ UM CLIQUE. FAZ UM CLIQUE. CLANK.

E ele foi-se embora.

Ele e a Eriel ficaram sozinhos.

E-Z aproximou-se de Eriel e perguntou: "Como é que podemos vencer as Fúrias?"

Eriel abriu a boca para falar, mas não disse nada. Fecha os olhos.

"Por favor," implora E-Z. "Por favor, ajuda-nos."

CLANK. CLANK. CLANK.

O Michael já tinha voltado. Não podiam ter passado cinco minutos - ainda não. Não aprendeste nada, nada mesmo, com o Eriel.

Eriel, com os dentes cerrados e a tagarelar, sussurrou três palavras: "Usa os óculos do Rafael."

"O quê?" E-Z gritou, batendo com os punhos contra a parede de gelo. "Como?"

Quando deu por si, estava de novo à porta da cozinha. Já não estava a usar as roupas dos pais, mas os cheiros combinados da loção de barbear do pai e do perfume da mãe permaneciam. Abraça-se a si próprio e ouve Charles explicar a moral da sua história.

"A moral da minha história", disse Charles, "é que tudo é melhor quando tens amigos com quem partilhar."

"E-Z disse, quando Samantha anunciou que o pequeno-almoço estava servido.

"Faz fila aqui. Pega num prato, guardanapo e talheres. Serve-te à vontade", disse ela. "É um prato cheio."

O Sobo disse, "Sumogasubodo!" para o Haruto, que gritou de alegria.

"Fiz sushi", diz a Samantha. "Foi a minha primeira vez.

O Sobo acenou com a cabeça: "Obrigada, mas da próxima vez deixa-me ajudar-te".

Samantha acenou com a cabeça: "Isso seria ótimo".

E-Z moveu a sua cadeira para a frente.

O tio Sam sussurrou ao lado dele: "Onde é que foste? Quer dizer, tu estavas lá e a tua cadeira estava lá, mas também estavas noutro sítio, não estavas?

"Sim, explico-te mais tarde. Preciso de tempo para processar tudo o que aconteceu. Dá-me uns minutos. Oh, e já agora, obrigado."

"Pelo quê?" Sam perguntou.

"Pelo pequeno-almoço, foi como nos velhos tempos. Diverte-te."

"Vamos certificar-nos de que o voltamos a fazer em breve."

"Definitivamente", disse ele enquanto se dirigia para o seu quarto.

CAPÍTULO XV
LAR DOCE LAR

Agora, sozinhos, sabia bem saber que Eriel já não era uma ameaça física para eles. Ele tinha sido incapacitado graças a Michael, mas só depois de ter traído toda a gente.

O Eriel tinha ido longe demais, mas porquê? Porque é que ele trairia a sua própria espécie? Sabendo muito bem que o Miguel era mais poderoso do que ele. Não faz sentido.

PÁRA.

PÔ.

"Sê bem-vindo a casa!", disse ele.

Hadz e Reiki aterraram à frente dele na cama: "Obrigado, E-Z. Tratas-nos sempre com carinho".

"Lamento que o Eriel tenha sido tão mau para ti. É bom que ele esteja preso agora. É o que ele merece."

"O que achaste deles?" Hadz perguntou.

"Não sei o que queres dizer."

"Enviámos-te a caixa."

"Oh, talvez não tenha funcionado," disse Reiki.

"Eras tu?" Os olhos de E-Z lacrimejaram.

"Ainda bem que chegou em segurança", disse Hadz enquanto os sorrisos do par de aspirantes a anjos se estendiam pelas suas caras de tal forma que parecia que o resto das suas feições estavam diminuídas.

"Muito obrigado a ti. Pensei que tudo o que pertencia aos meus pais tinha sido destruído no incêndio." Respira fundo, lutando contra as lágrimas. "Só queria ter podido trazer tudo para aqui comigo. Apesar de significar muito para ti, só para..."

ZAP.

"Tudo o que tinhas de fazer era dizer a palavra. Afinal, são teus", disseram.

Estava ali, ao fundo da tua cama. O caixote dos pais, ou aquilo a que chamavam a sua caixa de cobertores. Nela estavam os tesouros que ele tinha guardado em criança. E agora era dele. Um baú de tesouros tangível, cheio de recordações dos teus pais.

"Mas como?", pergunta.

"Conseguimos salvar algumas coisas, entrando e saindo quando a casa estava a arder", disse Hadz.

"Decidimos guardá-las em segurança para ti, até estares pronto para as ter de volta. Esperamos que tenhas chegado no momento certo".

Ele moveu-se, como num sonho, em direção à arca e abriu a tampa. Um sopro do after shave almiscarado e amadeirado do pai, misturado com o perfume doce e citrino da mãe, saudou-o como um abraço. Com cuidado para não deixar escapar tudo de uma só vez, fecha suavemente a tampa.

"Não te posso agradecer o suficiente. Nunca serei capaz de te agradecer. Eu conto-te tudo, noutra altura. Mais uma vez, muito obrigado a ambos." Estende os braços e os dois aspirantes a anjos voam para eles.

"Ele está a ficar demasiado sentimental," disse Hadz.

"Alguém te disse que precisas de cortar o cabelo?" perguntou Reiki.

E-Z penteou o cabelo com os dedos e deu umas palmadinhas na parte central que, por estar nas entranhas geladas da terra, estava em pé como as cerdas de uma escova. "Estás melhor?"

"Um pouco," disse Hadz.

"Ok, preciso de me concentrar. Os outros virão aqui em breve para te atualizarem sobre a situação de Eriel. Preciso de lhes contar sobre o Michael. Achas que vão ficar impressionados por eu o ter conhecido?"

"Não importa se eles estão impressionados", disse Hadz. "O que importa é se o Eriel te disse alguma coisa que valha a pena?"

"Sim, mas ainda estou a tentar perceber o que ele quis dizer."

"Conta-nos, talvez possamos resolver o mistério!"

"O que é que ele quis dizer?" pergunta o Alfred, enquanto mete o bico na sala.

"Entra", disse E-Z.

O Alfred entrou. Estava na época da muda e algumas penas esvoaçavam atrás dele. "Olá Hadz, olá Reiki".

"Olá," responderam eles.

"É uma longa história, mas para ir direto ao assunto, fui chamado de volta ao silo onde o Rafael e o Ophaniel me puseram ao corrente de uma situação sobre o Eriel. Tem estado a trabalhar por todos os lados. Finge estar aliado a nós, aos arcanjos e às Fúrias. Não te preocupes, a sua traição foi descoberta e ele foi capturado e aprisionado. Está sob a guarda do arcanjo chefe Miguel que me deixou falar brevemente com Eriel."

"E o que é que Eriel te disse?" perguntou Alfred.

"Só tive tempo para lhe fazer uma pergunta. Por isso, perguntei-lhe como podíamos vencer as Fúrias. Foi por isso que vim para aqui, para pensar no que ele disse.

"Ah, então querias ficar sozinho?" Alfred perguntou-te. "Anda, Hadz e Reiki, vamos dar ao E- alguma paz e sossego." Dirige-se para a porta, mas eles ficam onde estão.

"Um problema resolvido é um problema partilhado", cantaram.

"É verdade. E era essa a moral da história de Carlos".

"Muito bem, junta-te a nós." Faz uma pausa, depois diz: "A Eriel disse que devíamos usar os óculos do Rafael."

"Certo, é isso?" Disse Alfred. "Percebo que não tenhas a certeza do que ele quis dizer. É muito vago."

"Eu sei. E não te disse como usá-los."

Hadz inclinou-se e sussurrou algo ao Reiki.

PÔP.

POP

E eles desapareceram.

"Talvez, começa do princípio. Conta-me exatamente o que a Eriel te disse."

"Já te disse. Ele disse para usares os óculos do Rafael. E foi isso. O Michael tinha-nos num relógio de tempo. Ao princípio, pensei que o Eriel não ia dizer uma palavra. Ele disse aquelas três palavras e o tempo acabou. Quando dei por mim, estava aqui outra vez."

Alfred andou de um lado para o outro e reparou na caixa de cobertores ao fundo da cama. "O que é isto, então?"

"Pertenceu aos meus pais", disse E-Z, lutando contra os soluços. "O Hadz e o Reiki salvaram-na do incêndio. Disseram-me que a salvaram por mim - até puseram a vida deles em risco."

"Isso foi tão," ele lacrimejou, "atencioso da parte deles. Já passaste por isso?"

"Não, mas hei-de passar."

"Como é que era o Michael?"

"Fazia muito barulho quando andava. Faz-me lembrar o sonho que tive com o PJ, o Arden e a guilhotina."

"Lembro-me de nos teres contado esse sonho. Ele era tão assustador como o carrasco?"

"O Michael estava muito zangado e com razão. Eriel traiu-o, a todos os arcanjos e a nós. O que eu não percebo é o que é que poderia valer um tal risco?"

"Poder - algumas pessoas fariam qualquer coisa para o obter. Mas o que precisamos de descobrir é como podemos usar os óculos de Rafael para impedir o plano que Eriel e as Fúrias puseram em marcha."

E-Z tirou-os da cara. Quando os usava, o sangue não pulsava e não se movia nas armações, como acontecia quando Rafael os usava. Nele, eram como quaisquer outros óculos.

"Manda os óculos fazer alguma coisa", sugeriu Alfred.

"Manda os óculos desaparecerem", ordenou E-Z.

Deixou-os cair e eles caíram no chão.

E-Z suspirou. Duas cabeças não eram melhor do que uma, neste caso. Ri-se.

"Foi bom veres o Hadz e o Reiki de volta. Eles estão aqui para ficar? Quero dizer, para nos ajudar?"

"Estão, mas passaram por muita coisa ultimamente e podem estar a sofrer de PTSD - que é o transtorno de stress pós-traumático."

"Sim, eu sei. O que é que aconteceu?

"Aconteceu o Eriel, é isso. Pelo que me parece, tem andado a provocar o caos e a destruição na Terra e em todo o lado. E-Z fez uma pausa. "E se eu usasse os óculos para mudar a minha forma?"

"E fazias o quê?"

"Se conseguisse mudar a minha forma, podia visitar as Fúrias como Eriel."

"Isso só funcionaria se eles não soubessem que ele tinha sido apanhado", disse Alfred.

"Sim, mas se eles não soubessem. Pensa nos estragos que eu podia fazer. Eu podia entrar ali. Eles pensariam que eu estava do lado deles. E eu podia virar-me contra eles. BAM, eu podia arrasá-los para fora do parque!"

POP.

POP.

"Seria demasiado perigoso!" Hadz gritou.

"Demasiado perigoso!" Reiki ecoou.

"Além disso, temos outra ideia.

"Diz-nos", disse E-Z.

"Eles recriaram a Sala Branca, por isso voltámos lá para ver se há algum livro sobre os óculos do Rafael."

"E? Havia algum livro?"

"Não", disse Hadz.

"Mas encontrámos isto", disse Reiki.

Era um livrinho minúsculo, do tamanho da ponta do dedo indicador de E-Z. O título na lombada dizia: O Primeiro Livro de Enoque de Rafael.

Hadz e Reiki folhearam as páginas, já que o livro tinha o tamanho perfeito para os dois segurarem juntos.

"Diz aqui," Hadz leu em voz alta, "o propósito de Rafael era curar a terra que os anjos caídos tinham profanado."

"Lembras-te que Rafael disse que só a posso invocar quando o fim estiver próximo? Talvez os óculos só me revelem os seus poderes quando também forem necessários."

"Exatamente", concordaram Hadz e Reiki.

"Acho que precisamos de uma sessão de brainstorming com os outros, mas a tua ideia de mudar a tua aparência para a da Eriel é boa", disse Alfred. "Só precisamos de descobrir como te apoiar quando o fizeres - para te manter em segurança."

"Isso é uma má ideia," disse Hadz.

"Uma ideia muito má!" disse Reiki. disse Reiki.

"Como assim?" perguntou Alfred.

"Primeiro, tu não sabes o que as Fúrias sabem.

"Ou não sabes."

"Segundo, pode ser uma armadilha.

"Uma armadilha orquestrada pela Eriel e pelas Fúrias.

"Terceiro, e o mais importante de tudo,"

"A Eriel está aterrorizada com o Michael."

Em uníssono, disseram: "Os óculos do Rafael devem ter a chave para tudo. Eriel está a procurar o perdão e a redenção de Miguel e dos outros arcanjos. É a tua única esperança. Tu és a sua única esperança. Portanto, acreditamos que ele te disse a verdade."

"Mas e se as Fúrias não souberem da situação do Eriel? Enquanto elas estiverem às escuras, nós temos uma vantagem", disse Alfred.

"Concordo contigo", disse E-Z.

Lia entrou na sala, seguida pelo resto do grupo. "O que é que se passa?", pergunta.

"Entra que eu explico-te. Ah, e fecha a porta atrás de ti".

"Parece-me duvidoso," disse Lia. Repara em Hadz e Reiki e acena-lhes. Depois fecha a porta atrás deles e tranca-a.

CAPÍTULO XVI
O QUE FAZER

"Senta-te, põe-te confortável", disse ele, enquanto todos se amontoavam na sua cama. "Primeiro, para aqueles que ainda não os conhecem - este é o Hadz, e esta é a Reiki. São amigos e aspirantes a anjos. Foram nomeados para nos ajudar.

Haruto fez uma vénia, Lachie disse: "Bom dia!" Charles e Brandy apertam-lhes a mão.

Depois de todos terem sido formalmente apresentados, a equipa sentou-se ao lado da cama. E-Z achou que pareciam passageiros à espera de um autocarro.

"Estamos todos aqui para derrotar as Fúrias. Mas há algumas informações actuais que temos de ter em conta. Antes de avançarmos."

"O que é que queres dizer?" Lia perguntou-te. "Estás a sugerir que podemos desistir?"

E-Z limpou a garganta.

"É melhor deixares-me contar-te tudo e depois podes fazer perguntas. Se calhar devia ter-te dito isso.

Mas ainda estou a processar tudo sozinho". Hesitou. "O que quero dizer é que me dêem alguma folga, porque é uma situação complicada e ainda mais difícil de explicar."

Todos acenaram com a cabeça e ele continuou.

"Eriel foi detido pelos arcanjos. Traiu-os, e traiu-nos a nós. Já não é uma ameaça para nós, mas comprometeu a nossa missão. O problema é que não sabemos quanto. Mas sabemos mais sobre as suas intenções - ganhar o controlo da Terra por todos os meios possíveis. Enfrentar os arcanjos para o fazer, isso era correr algum tipo de risco - mesmo quando ele tinha as Fúrias do seu lado."

Um suspiro audível de todos fez com que ele fizesse uma pausa por um momento ou dois antes de continuar.

"Os arcanjos viraram-lhe as costas. Conheci o Miguel, que lidera os arcanjos, e ele tinha nojo do Eriel. E Eriel estava aterrorizado com ele.

Mais suspiros audíveis.

"O nosso plano A era prender as Fúrias dentro do ambiente de jogo. Eriel estava ciente deste plano. Na verdade, encorajou-nos a avançar com ele. Por isso, temos de passar ao plano B. O simples facto de ele saber do plano A é suficiente para o descartarmos."

Mais suspiros e um "Oh não!".

"Então, o Plano B. Sei que estás a pensar o óbvio: ou seja, não temos um Plano B. Bem, não tínhamos. Mas agora tens. Ficarás chocado se souberes que o nosso Plano B saiu da boca do nosso traidor?"

Todos acenaram com a cabeça.

"Como te disse anteriormente, encontrei-me com o Michael. Foi ele que sugeriu a Eriel que lhe fosse dada clemência se, e só se, ele nos ajudasse.

"O Michael só nos deu cinco minutos juntos. E durante a maior parte desse tempo, Eriel não disse nada. Depois, quando o tempo estava quase a acabar, diz três palavras: "Usa os óculos do Rafael" - foi isso. Lembrei-me algum tempo depois que Rafael tinha dito que Charles podia ser a nossa arma secreta, por isso com os óculos podemos ter duas armas que eles não conhecem."

Charles suspirou.

E-Z reconhece Charles com um aceno de cabeça.

"Mas, antes de reduzirmos a lista e fazermos um brainstorming, temos de ver o panorama geral e decidir se esta é a nossa luta. Se é algo em que ainda queremos, como equipa, estar envolvidos.

"Por causa do Eriel, estou vivo hoje. Ele salvou-me e depois disse que eu estava em dívida para com ele e para com os outros arcanjos. Para pagar essa dívida, fiz várias provas. Alfred e Lia apareceram e juntos formámos Os Três. E depois separámo-nos a pedido deles.

"Criámos o nosso próprio site de super-heróis e ajudámos pessoas. Até que os arcanjos pediram a nossa ajuda para derrotar os piratas Apanhadores de Almas. Com o tempo, ficámos a saber quem eles eram: As Fúrias, deusas gregas poderosas e maléficas que tinham regressado.

"Hadz e Reiki levaram-me a fazer um reconhecimento, para me mostrarem o seu quartel-general em Death Valley. Aí vi com os meus próprios olhos o armazenamento de contentores cheios de almas de crianças. Mais tarde, PJ e Arden foram-nos tirados. O seu estado não mudou. E nós vimos em primeira mão, graças ao Raphael, aquelas deusas nojentas a trabalhar.

"As Fúrias são adversárias dignas. Se lutarmos contra elas, podemos morrer. Claro que isto não é informação recente, mas será que vale a pena arriscar as nossas vidas agora que a Eriel nos traiu?

"Tendo tudo em consideração, e especialmente, que temos duas armas secretas do nosso lado. Embora sejam armas que não sabemos como usar. Talvez estejamos numa boa situação para ganhar esta luta. Isso se nos mantivermos unidos e se nos apoiarmos uns aos outros. Se estivermos dispostos a arriscar as nossas vidas por um bem maior. Para o bem da Terra, para salvar a Terra. O que dizes?"

Quando deu por si, toda a gente - exceto o Alfred - estava a saltar na cama e a dizer: "Um por todos e todos por um!"

E-Z levanta a mão. "

"Todos os que estão a favor de lutar contra as Fúrias, digam: Aye."

A decisão foi unânime.

Sobo bate à porta e pergunta: "Talvez eu também possa ajudar."

CAPÍTULO XVII
PERGUNTA A CHARLES DICKENS

A BRANDY RIU-SE AUDIVELMENTE, fazendo com que todos na sala olhassem na sua direção. Agora que tinha a atenção de todos, perguntou: "E como é que tu, uma cidadã sénior, vais ajudar a nossa equipa de crianças super-heroínas a derrotar as três poderosas deusas do mal?"

Um suspiro soou por toda a sala, fazendo com que Haruto se movesse rapidamente para o lado do seu Sobo. Agarra a mão dela e encosta-a ao seu coração.

O Sobo, que não se deixou perturbar pela ignorância de Brandy, sussurrou palavras suaves em japonês ao seu neto.

"Pede desculpa", exigiu E-Z.

"Não faz mal", disse Sobo. "Ela tem razão, posso não ser um super-herói como todos vocês, mas toda a gente nesta vida tem algo para dar."

"Desculpa, Sobo," disse a Brandy. Não fica por aqui. "O que eu queria dizer era..."

"Cala-te!" Lia exclamou. "Entra, Sobo."

"Podes dar-nos toda a ajuda que conseguires", disse E-Z.

Charles levantou-se e ofereceu o seu lugar a Sobo e Haruto.

"Obrigada", disse Sobo, e ela e o neto sentaram-se lado a lado sem falar durante alguns momentos.

"Estás a sentir-te bem?" perguntou Haruto.

"Sim, pequenino, disse Sobo. "Eu também tenho um superpoder. Esse superpoder chama-se transformação. Já vivi muitas vidas e desempenhei muitos papéis... em cada vida aprendo algo novo. Estou aberto a aprender, é disso que se trata a vida. Estou a oferecer a minha vida; faria qualquer coisa para te salvar. A ti todos."

"Até eu?" perguntou Brandy.

O Sobo riu-se. "Especialmente tu, filha."

Brandy atravessou a sala e pôs os braços à volta do pescoço do Sobo. "Obrigada a ti. Mas porquê especialmente a mim?"

O Haruto levantou-se e, com as mãos nas ancas, exclamou: "Porque és maluco!"

Todos se riram, incluindo a Brandy.

O Sobo disse: "Porque és destemido. Sim, ser destemido é uma emoção poderosa, mas tens de aprender a ter paciência. Precisas de ambas, para sobreviver neste mundo. Com ambos, tornar-te-ás ainda mais uma força a ter em conta. A vida é sobre mudar-te, de dentro para fora, de fora para dentro. Aprende. Cresce. Temos de ser como as árvores, mudando com as estações, curvando-nos com o vento."

"Tão bonito," disse Charles.

"Mas o mundo está cheio do bem e do mal," disse o Sobo. "Tem de ser assim. Um tem de existir para que o outro exista. E nós, tu, eu e todos aqui, só devemos lutar pelo lado do bem. Neste mundo só pode haver um vencedor. Esse vencedor tem de ser para o bem de toda a humanidade."

Sobo pára de falar. Enquanto recupera o fôlego, os outros permanecem em silêncio à espera que ela continue.

"Porque estou aqui," continuou Sobo, "é para te trazer saudações de Rosalie."

"Tu e a Rosalie, Sobo, mas como?" Lia perguntou.

"A Rosalie apareceu-me num sonho. Como é que eu soube que era ela? Porque ela me disse. Os sonhos são poderosos unificadores. Os espíritos atravessam os mundos e misturam-se connosco para estarem connosco, ou para nos dizerem coisas que não sabemos, como avisos, premonições. Rosalie queria ajudar-nos a travar a batalha, a lutar e a ganhar."

"Sim", disse E-Z. "Sonho muitas vezes com os meus pais. Às vezes revelam-me coisas, ou dizem-me coisas que eles não podiam saber. A não ser que estivessem a partilhar a minha vida comigo.

"Sim, o amor é uma emoção poderosa que não tem limites. Aqueles que amas vão procurar-te, encontrar-te, ajudar-te, mesmo nos momentos mais negros."

"Ela está," perguntou Lia, "feliz?"

Sobo sorriu. "A felicidade não é tudo. Deixa-me só dizer-te que ela é ela própria. Isso é tudo o que precisas de saber. E como ela própria, como um recipiente que luta apenas pelo lado do bem, ela acredita em ti, Sr. Charles Dickens. Tu és o nosso poder."

"Eu?" Charles perguntou-te.

"Sim, Charles. Leva-nos à biblioteca. A biblioteca nas nuvens."

"Nunca ouvi falar dela. Não te posso levar lá. Ela deve ter-me confundido com um dos outros."

"Que biblioteca?" perguntou Brandy.

"E porque é que está nas nuvens?" perguntou Lia.

"Já lá estive", disse o Sobo. "É muito antiga e está protegida... só quem sabe é que sabe".

"Eu não sou um deles," disse Charles.

"Só precisas de uma pequena ajuda," disse o Sobo. "Dá-lhe os óculos do Raphael e ele ficará a par de tudo."

"Espera um minuto", disse E-Z. "Como é que foste lá parar?

"Não acreditas em mim?" Sobo sorriu. "A Rosalie levou-me lá num sonho... ela é um espírito... e levou-me como um caminhante de sonho."

"Tens a certeza que não era uma memória que ela estava a partilhar sobre a Sala Branca?"

"Definitivamente não. Como é que eu sei isso?" perguntou o Sobo. "Porque a Rosalie disse-me que nunca mais queria voltar ao sítio onde foi assassinada por aquelas irmãs cruéis.

"Isso faz sentido e, no entanto, uma coisa que o Rafael disse sobre nunca entregar os óculos - a ninguém - deixa-me preocupado em ir contra os desejos dela."

"E se a Rosalie não for uma daquelas que estão a par de tudo?" perguntou Sobo. "Será que devemos deixar passar esta oportunidade de aumentar as nossas hipóteses de derrotar as Fúrias, rejeitando as últimas informações de Rosalie, uma amiga e confidente de confiança?"

"Diz-me primeiro", disse E-Z, "como é que foi?"

Sobo fechou os olhos. "Imagina uma altura em que só ligavas a água quente no duche ou na banheira, sem ventoinha e sem janela aberta. Saíste do quarto para ir buscar alguma coisa e fechaste a porta. Quando a abriste mais tarde, o quarto estava cheio de vapor e quando entraste não conseguias ver nada - ao princípio. Mas os teus olhos adaptaram-se e depois conseguiste ver tudo. Comigo aconteceu o mesmo quando entrei pela primeira vez na Biblioteca das Nuvens".

Abre os olhos. "Imagina o interior da nuvem onde existiam livros. Cada livro escrito, publicado, tudo ali à tua frente. Podes ler, pegar, aprender. Era assim que era a Biblioteca da Nuvem. E todos nós estamos destinados a ir vê-la por nós próprios, agora. Hoje."

"Parece mágico", disse Charles. "Eu quero ir. Quero levar-vos todos lá."

"Parece demasiado bom para ser verdade," disse Brandy.

Sobo sorriu.

E-Z hesitou antes de tirar os óculos e de os entregar a Charles.

"E-Z," disse o Sobo, "a Rosalie disse-me que a exceção à regra do Rafael era o Charles. Lembras-te? E foi ela que revelou que Charles era a nossa arma secreta".

E-Z acenou com a cabeça e deu os óculos a Charles.

Sem hesitar, Charles coloca-os. Quando os colocou atrás das orelhas, as cores da armação pulsaram em todas as cores conhecidas pelo homem. Todas as cores exceto o vermelho. Quando os óculos se fixaram no tom de verde relva, o pescoço de Carlos torceu-se para a esquerda, para a direita, para a direita, para a esquerda. Endireita-se e olha para a frente.

"Estou pronto", disse ele. "Dá as mãos, para estarmos todos ligados, e eu levo-te lá."

"Espera por nós!" Hadz e Reiki gritaram, enquanto saltavam para os ombros de E'Z e se agarravam com toda a força. Momentos depois e ninguém tinha ido a lado nenhum.

CAPÍTULO XVIII
O QUE É QUE CORREU MAL?

"Não percebo", disse Charles. "Conseguia vê-lo na minha mente. Se calhar preciso de instruções ou de palavras mágicas. A Rosalie disse-te alguma coisa especial que eu precisasse de fazer para além de pôr os óculos no Sobo?" perguntou Charles.

Sobo abanou a cabeça. "Tenta algo diferente."

"Leva-nos para a Sala das Nuvens!", exigiu ele.

Desta vez, o grupo balançou, como se alguém tivesse aberto uma janela.

"Fecha os olhos", disse Charles. "Estão todos prontos?" Todos acenaram com a cabeça. Fecha os olhos enquanto o grupo de super-heróis e o Sobo se fragmentam.

"Algo parece, diferente," disse Lachie abrindo os olhos. "Eu sinto-me diferente."

E-Z também se sentiu estranho, quando abriu os olhos. Hadz e Reiki estavam agora a ressonar. Parecia uma altura estranha para eles dormirem a sesta. E que mais estava diferente? Os óculos do Rafael não tinham cor. Porque é que o fizeste? Nunca te tinha acontecido antes. E que mais? O Alfred - onde raio estava o Alfred?

"Alfred? Onde estás? Onde estás?"

Lia desatou a chorar.

"Porque é que estás a chorar?" perguntou E-Z.

"Porque não consigo ver nada, não com as minhas mãos. Já não consegues.

"Charles. Os óculos", diz Brandy.

"E os óculos?", disse ele.

Taparam os ouvidos, enquanto a Sobo atirava a cabeça para trás e gemia como uma banshee, até que a música suave da orquestra se sobrepôs aos seus gritos e todos adormeceram.

✳✳✳

AGORA QUE OS GÉMEOS estavam a dormir, Samantha e Sam perguntaram-se como estava a correr a reunião na sala E-Z. Quando chegaram, a porta estava trancada e ninguém respondeu quando bateram à porta.

"É estranho", disse Sam. "A E-Z nunca tranca a porta.

"Vai buscar a chave", disse Samantha.

Sam teve um mau pressentimento, enquanto introduzia a chave na fechadura.

Sam e Samantha observaram, enquanto Sobo, Brandy, Lia, Lachie, Haruto, Charles e E-Z olhavam para a frente como manequins numa montra.

"Mal respiram", disse Sam.

"E onde está o Alfred?

"E porque é que o Charles está a usar os óculos do Rafael?"

"Estou assustada", disse Samantha, pegando na mão do marido.

"Acho que não devemos perturbar nada aqui", disse Sam. "Tenho a sensação de que se passa alguma coisa que não sabemos.

"É assustador."

"O que é isso? perguntou Sam, reparando na caixa ao fundo da cama de E-Z. "Não acredito! Não pode ser." Abaixa-se, levanta a tampa da arca que tinha visto muitas vezes no quarto do irmão. Uma arca que ele pensava ter sido destruída no incêndio. Tal como acontecera com E-Z, as memórias criadas pelos cheiros que lá se encontravam subiram-lhe à cabeça e ele ficou tomado de emoções.

"Vamos embora daqui", disse a Samantha. "Podes contar-me mais sobre a arca, lá fora.

"Vamos dar-te um pouco de tempo. Eles vão acordar em breve e..."

"Acho que não temos outra escolha", disse Samantha, enquanto fechavam a porta atrás de si.

CAPÍTULO XIX

SALA CLOUD

CHARLES PAROU POR UM momento, observando o que o rodeava. Será que os tinha levado para o sítio errado? Ele e os outros (que estavam todos a dormir) estavam no alto do céu, sem uma única nuvem à vista. Tinham aterrado no meio de uma plataforma feita de vidro. Não faz ideia de como se aguentava. Reparou que a cadeira de rodas de E-Z estava a rolar para a frente, por isso correu para lá e acordou-o.

"Onde é que estamos?", pergunta, fazendo despertar Hadz e Reiki, que ainda estavam nos seus ombros a dormir profundamente.

"Acorda! Acorda!" ordenou Charles.

Um a um, eles abriram os olhos e, ao aperceberem-se da altura a que estavam, agarraram-se uns aos outros, tentando não se mexer. Tentando não olhar para baixo através da vidraça que os impedia de cair no chão.

"Quem me dera que esta coisa tivesse um corrimão!" exclama Lia. Consegue ver tudo agora, mas uma parte dela desejava não o fazer.

"O que é que está a segurar isto, é o que eu não consigo perceber," disse Charles.

"Nunca fui grande fã de alturas," disse Brandy, enquanto agarrava a mão mais próxima da sua, que pertencia a Charles.

"Oh," disse ele, sentindo o frio da mão dela.

"Vou voar até ali e dar uma olhadela", disse E-Z, e voou, movendo-se à volta da plataforma que parecia ter surgido do nada, sem nada a segurar e sem nenhuma âncora a mantê-la no lugar.

Haruto agarrou-se à mão da sua avó. Ela demorou mais tempo a acordar do que os outros. Quando parecia estar completamente acordada, "Oh não", era tudo o que dizia. Repete-o uma e outra vez.

"Este não é o Quarto das Nuvens para onde a Rosalie te levou, pois não? perguntou Charles.

Sobo deu um passo, dois passos, enquanto as crianças se agarravam a ela. Fecha os olhos, aperta-os com força e volta a abri-los.

"O que estás a fazer?" perguntou a Brandy.

"Estou à procura dos livros", disse o Sobo. "Se é este o sítio, então deve haver livros. Muitos livros. Não vejo nenhum. Não vejo nenhum. Nem um."

E-Z, que ainda estava a investigar a estrutura da plataforma, perguntou: "Parece-te que estamos no sítio certo? Achas que os livros estão disfarçados? Alguém os consegue ver?".

Todos abanam a cabeça em sinal de não, até mesmo Hadz e Reiki, que até agora não tinham dito uma única palavra entre os dois.

"Tenho um mau, mau pressentimento sobre este sítio," cantam Hadz e Reiki em uníssono.

Charles hesitou antes de falar. "Vi uma biblioteca na minha cabeça quando coloquei os óculos, e era como o Sobo nos descreveu. Não havia nenhuma plataforma de vidro. Este sítio não é aquele que imaginei. No início, pensei que os óculos tinham cometido um erro, mas agora, se o Hadz e o Reiki têm um mau pressentimento, e o Sobo também, acho que sim." Sobo acenou com a cabeça, e reparou que ela estava a tremer. "Acho que temos de sair daqui - e depressa."

E-Z reparou que Alfred tinha desaparecido. "Alguém sabe o que aconteceu ao Alfred? Estávamos todos ligados pelo toque quando viemos para aqui. Como é que ele se pode ter afeiçoado?" Agora repara que Hadz e Reiki pareciam fora de si. Quase como se tivessem sido drogados, pois os seus olhos estavam virados para trás e tinham dificuldade em manter-se acordados.

"Os cisnes não têm dedos para tocar", cantaram em uníssono os dois aspirantes a anjos. Desataram a rir e andaram às voltas até ficarem demasiado tontos para se manterem à tona e caírem no chão de vidro com um SPLAT.

"Muito bem, Charles, já chega de provas para mim. Leva-nos de novo para casa - agora."

Charles, que tinha tirado os óculos de Rafael e os tinha voltado a pôr com a intenção de seguir as ordens de E-Z, exclamou: "Oh, ali estão eles!"

"Já consegues ver os livros?" perguntou Sobo.

"Não consegui quando chegámos, mas agora consigo. Agora o que é que queres que eu faça?"

"Não faz sentido," disse o Sobo, "porque é que eles estariam disfarçados para ti e depois revelados? A Rosalie não te disse nada sobre isso."

"Acho que o ar aqui em cima está a afetar os nossos cérebros", disse E-Z. "Estou a começar a sentir-me fora de mim, tonto. É melhor sairmos daqui e já, senão acabamos de cara para baixo na plataforma, como o Hadz e o Reiki."

Charles estende a mão e um livro voa para dentro dela, que ele enfia na camisa. "Leva-nos de volta!", gritou. Como da primeira vez que tentaram, nada aconteceu.

"Talvez precisemos de dar as mãos", disse o Sobo. "E fecha os olhos outra vez."

Fizeram as duas coisas e, imediatamente, enormes rajadas de vento começaram a soprá-los na plataforma. Eles amontoaram-se, como uma equipa de futebol antes de uma grande jogada, agarrados uns aos outros. Empurrando os pés para a plataforma, na esperança de não voarem.

E-Z remexeu o cérebro, tentando pensar numa saída. Será que a única maneira era usar a única hipótese de chamar Rafael para o salvar? Olha para Charles, que parece estar a desaparecer. "Charles!", gritou, e depois reparou, por cima do ombro, que vinham na direção deles, a toda a velocidade, Baby, Little Dorrit e Alfred.

Alfred gritou: "Temos de te tirar daqui - agora. Este sítio é como um farol, a iluminar-te para o mundo inteiro ver, incluindo as Fúrias!"

Sobo soluçou: "Não sabia que tinham usado a Rosalie como armadilha."

"O Charles viu os livros, e até recebeu um. Vamos pôr-nos em segurança. Ninguém tem culpa. As tuas intenções foram todas boas", disse E-Z.

"Obrigada", disse Sobo, enquanto começava a desvanecer-se, tal como Charles. Brandy pegou na mão dela e segurou-a com força até Sobo deixar de desaparecer.

Alfred disse: "Anda!"

Lachie saltou para as costas de Baby, puxando com ele o trémulo Charles, e voaram. Dentro da sua camisa, o livro que segurava expandiu-se e dois dos botões da camisa voaram. Segura o livro com firmeza com um braço e, com o outro, agarra-se a Lachie, enquanto Baby acelera o passo.

A pequena Dorrit baixou-se sem tocar na plataforma, para que os outros pudessem entrar a bordo, enquanto E-Z agarrava Hadz e Reiki. Voaram, com Alfred e E-Z a voarem lado a lado, enquanto o céu mudava de azul para preto, de preto para azul, para preto, e as estrelas apareciam, mas não eram estrelas. Eram globos oculares. Globos oculares que disparavam, como os que ele tinha encontrado em Death Valley quando encontrou as Fúrias pela primeira vez.

BATE. PISCA. PÁRA.

PISCA. PÁRA. PÁRA. PÁRA.

PÁRA. PÁRA. PÁRA. SPLAT. SPL-

O Charles gritou a plenos pulmões: "CASA!" E desta vez funcionou. Estavam de novo em casa. Estás em segurança.

Haruto abraça a avó.

"É tão bom estar de volta a casa", disse um ao outro.

Momentos depois, chegaram o Sam e a Samantha.

✳✳✳

"Vimos os teus corpos a dormir no teu quarto. Não sabíamos o que fazer", disse Sam.

"É uma longa história", disse E-Z.

O Sobo perguntou a Charles: "Conseguiste ficar com o livro?" "Claro que sim", disse Charles, segurando-o. Era um volume grande, de capa dura, com uma lombada grossa que podia ser vista e lida por todos.

Grandes Esperanças, de Charles Dickens.

"Trouxeste um dos teus próprios livros? exclamou Brandy.

Lachie zombou.

"I..." disse Charles. "Disseste-me para escolher um livro qualquer, e este foi o que escolhi ao acaso."

"Tudo acontece por uma razão", disse Lia.

"Mas isto é um exagero", exclama Brandy.

"Acalmem-se todos", disse E-Z. "O Charles fez o seu melhor, dadas as circunstâncias - e pelo menos ELE conseguiu ver os livros. Nenhum de nós conseguiu.

"Grandes Esperanças," disse Alfred, "é um livro grrr-eat!" Ele parecia a versão britânica de Tony, o Tigre, nos anúncios de cereais.

"Ele tem razão", concordaram Sam e Samantha. "É um dos melhores romances alguma vez escritos.

Charles tirou os óculos a Rafael e devolveu-os a E-Z, que os pôs imediatamente. Abana a cabeça, mas o título do livro que Charles segurava ainda era diferente. Lê o novo título em voz alta,

"Campo dos Sonhos, de W. P. Kinsella."

"Deixa-me tentar," disse Lia, pegando nos óculos de Rafael.

"Espera! E-Z gritou, quando Lia os tirou da cara dele. "Não os ponhas. Lembra-te, o Rafael disse que só eu os devia usar, mas eu abri uma exceção para o Charles por causa do sonho do Sobo, mas acho que não os devíamos passar de mão em mão. Além disso, já sabemos a resposta à pergunta que todos fazemos a nós próprios. É um livro que se transforma em qualquer título que o leitor queira ver."

"Ou precisa de ver", disse o Sobo.

"Mas eu não queria nem precisava de ver Grandes Esperanças. Nunca tinha ouvido falar dele!

"Mas imagina", disse Sam, "que tipo de biblioteca poderia ser no futuro. Tudo o que temos de fazer é pensar no título de um livro e voilá, estamos a segurá-lo nas nossas mãos."

"Mas não seria muito bom para os autores, quer dizer, como é que eles seriam pagos? perguntou a Samantha.

"Não sei como funcionaria, e talvez nos esteja a escapar algo importante", disse Alfred.

"Grande, como o quê?" perguntou E-Z.

"E se fosse o livro a escolher o leitor e não o contrário?"

"Doo-doo-doo-doo," Brandy cantou, que era a música de The Twilight Zone.

"Vamos recapitular. O Sobo teve um sonho em que a Rosalie lhe mostrou a Biblioteca das Nuvens e, com os óculos do Rafael, o Charles podia levar-nos lá. O que ele fez, mas o lugar não era o esperado. Só Charles conseguia ver os livros, ele pegou num e, no caminho de volta, fomos atacados por globos oculares que disparavam macacos, semelhantes aos que atacaram Hadz Reiki e eu no Vale da Morte.""É isso em poucas palavras," disse Brandy.

"O que eu me pergunto é se a Eriel contou às Fúrias sobre o facto de o Rafael ter dado os óculos à E-Z", perguntou Lachie.

"Isso é algo que talvez nunca venhamos a saber", disse E-Z, "porque o Michael só deu uma oportunidade à Eriel para falar comigo". Vai até à janela e olha para fora. "Pergunto-me", disse ele.

"Pergunto-me o quê?" exclamaram todos.

"Se as Fúrias sabem dos óculos, e dos seus poderes. Se nos enganaram através da Rosalie para visitarmos a Biblioteca das Nuvens, então devem saber do Charles. Isso significa que ele já não é uma arma secreta. Como é que eles podiam saber? E, no entanto, os papões nos olhos - isso é demasiada coincidência.

"A Eriel disse-te para usares os óculos", disse Alfred.

"Eu vi-o, como ele estava a ser detido e não havia maneira nenhuma, nenhuma maneira possível de ele ter enviado uma mensagem às Fúrias... não com o Miguel a vigiar todos os seus movimentos. E-Z voltou para onde os outros estavam. "Já agora, Alfred, como é que te separaste de nós?"

"Estava perdido dentro de uma nuvem negra, até que chamei a Little Dorrit e a Baby para me ajudarem e tu sabes o resto."

"Foi tão estranho", disse Charles. "Num minuto não conseguia ver os livros, tirava os óculos, voltava a pô-los e eles estavam por todo o lado. Mesmo assim, eu era o único que os conseguia ver."

"Eu via-os", disse Baby. "Este veio a voar na minha direção", atirou-o a Carlos que o apanhou com dois dedos.

Era um livro em miniatura, com um pequeno título na lombada que todos leram em voz alta:

"Tudo o que sempre quiseste saber sobre as Fúrias, mas tinhas medo de perguntar, por Anónimo."

"Marca!" exclamou Brandy.

Juntaram-se à volta do pequeno livro, enquanto Charles o abria com todo o cuidado. Abre a capa em branco, assim como a primeira página. Passa para a página seguinte, onde havia palavras, que começaram imediatamente a mover-se, a baralhar-se. As palavras flutuavam na página, baralhadas e baralhadas de novo, como se se tivessem esquecido das palavras e da língua que deviam representar.

E-Z, que ainda estava a usar os óculos de Rafael, sentiu-se tonto quando as palavras se deslocaram e tirou-os.

"Experimenta tu", disse ele a Charles, entregando-lhe os óculos.

Charles colocou-os e voltou a tirá-los rapidamente, correndo para a janela para apanhar ar fresco. Devolve-os a E-Z.

"Agora tu", disse ele a Sobo, que se recusou a experimentar os óculos, tal como Haruto".

"Vou tentar", disse Lia, mas rapidamente se juntou a Charles à janela.

"Lachie?", perguntou E-Z. perguntou E-Z.

"Claro", disse ele, pondo os óculos e tirando-os de imediato. "Não dá", disse ele, deitando-se na cama.

"Deixa-me tentar!" disse Brandy, enquanto E-Z lhe punha os óculos na mão e ela os aplicava na cara. "Espera um minuto", disse ela, "acho que estou a ver qualquer coisa, é..." e vomitou uma substância verde que, felizmente, atingiu a parede em vez de uma pessoa.

"Vem connosco", disseram Sam e Samantha à Brandy, "vamos ajudar-te a limpares-te".

"Obrigado", disse E-Z, virando a cadeira para Alfred e colocando os óculos no bico.

"Um cisne a usar óculos. Ridículo!" disse Alfred.

"Pareces muito estudioso!" Disse Charles.

"Pareces o Professor Ludwig Von Drake!" exclamou a Brandy.

Sam disse: "Ele era o professor do Pato Donald".

"Oh", disseram aqueles que eram demasiado novos para terem ouvido falar do Pato Donald.

"Oh, meu Deus", disse Alfred, quando as palavras pararam de rodopiar e voltaram à forma como o autor as tinha escrito. Lê as duas primeiras páginas, depois a seguinte, a seguinte e a seguinte. Passa pelo livro inteiro com a facilidade de um leitor rápido e, quando acaba, o livro fecha-se.

POOF

E desapareceu.

"Bem, isso foi interessante", disse Alfred, entregando os óculos de volta a E-Z e impedindo-se de cair.

"Quer dizer que leste tudo?" Disse Sam. "Esses óculos são fantásticos."

"Eu lembro-me de tudo, mas preciso de processar a informação e preciso de descansar. Não quero sentar-me aqui e ler-te tudo na íntegra. É melhor eu organizar o que aprendi e depois falamos sobre isso."

"E se", perguntou Brandy, "te escapou algo que a um de nós não teria escapado? Não é nada de pessoal."

Alfred riu-se. "Lá porque agora tenho a forma de um cisne, não quer dizer que não tenha lido muitos, muitos livros ao longo da minha vida. Na verdade, frequentei a Universidade de Oxford quando era jovem e formei-me com distinção. Estudei Literatura e Artes".

E-Z disse: "Não escolheste o livro - o livro escolheu-te a ti. Nenhum de nós conseguiu ler uma única palavra do livro".

"Obrigado por acreditares em mim."

Lia disse: "Quanto tempo queres ficar a pensar? Podemos ir ver aquele filme?"

A Samantha disse: "Tenho de fazer mais pipocas. Já comemos a outra tigela cheia".

"Come com força", disse Sam com um sorriso.

"Obrigado", disse Alfred. "Volto para ti assim que puder."

"Leva o tempo que precisares," disse E-Z, "junta-te a nós quando estiveres pronto."

O grupo foi para a sala de estar e preparou o filme. A Samantha fez mais pipocas no micro-ondas. Todos se juntam para ver o filme.

Alfred dormiu durante algum tempo no seu lugar habitual, mas teve sonhos, sobretudo pesadelos, e acabou por ir para o jardim apanhar ar fresco. Todos dependiam dele, e a pressão pesava sobre ele, enquanto o conteúdo do livro em miniatura se agitava na sua mente.

CAPÍTULO XX
MENSAGEM DE FRANÇA

E-Z VIU A PRIMEIRA metade do filme com os outros e, depois, sentindo-se inquieto, decidiu pôr o trabalho em dia. Entra no quarto, esperando encontrar o Alfred a dormir, mas não o encontra em lado nenhum. Preocupado, vai até à porta das traseiras e vê o cisne a dormir, estendido numa cadeira de jardim. Fecha a porta e regressa ao seu quarto, abre o portátil e inicia a sessão.

Volta e meia, na sua mente, para decidir se se podia concentrar em escrever o seu romance ou se devia passar o tempo a pesquisar mais sobre os seus inimigos, as Fúrias. O som de uma mensagem que chegou à sua caixa de correio fez com que tomasse a decisão. Tinha um visto vermelho, denotando urgência e, embora não contivesse anexos, não clicou nela. Em vez disso, lê-a em pré-visualização. Ou tenta ler. A mensagem estava completamente numa língua diferente. Encontrou algumas palavras que reconheceu como sendo francesas, por isso copiou o texto, foi a um motor de busca e colou a seguinte mensagem num tradutor online:

Cher E-Z Dickens,

Chamo-me François Dubois e tenho sete anos. Moro em Paris, na França, e gostaria de fazer parte da tua equipa de Superhéros. Queres saber, talvez, quais as competências que eu aportaria à equipa. É uma boa pergunta e terei todo o prazer em responder-te. Mas pergunto-te se este site é seguro.

Se quiseres falar comigo mais detalhadamente, podes enviar-me uma mensagem de correio direto. O meu endereço de correio está junto. Tenho todo o gosto em receber as tuas novidades.

O teu amigo,

François

Carrega em enviar e chega a seguinte tradução:

Caro E-Z Dickens,

O meu nome é François Dubois e tenho sete anos. Vivo em Paris, França, e gostaria de fazer parte da tua equipa de super-heróis. Podes perguntar-me que capacidades eu traria para a equipa. É uma boa pergunta e terei todo o gosto em responder-te. Mas pergunto-me: este sítio é seguro?

Se quiseres falar mais comigo, podes enviar-me um e-mail diretamente. O meu endereço de correio eletrónico está em anexo. Fico à espera da tua resposta.

O teu amigo,

François

Intrigado, relê a mensagem várias vezes, pensando no timing em que ela surgiu. Pergunta-se se não estará a ser paranoico ao pensar que este rapaz vindo de França pode estar a conspirar com as Fúrias. Mesmo que estivesse a ser demasiado cauteloso, tinha o direito de o ser e, como líder da sua equipa, cabia-lhe a ele certificar-se de que inquéritos como este eram legítimos. Precisava da ajuda do Tio Sam para investigar, mas, por agora, ia pôr as mãos à obra e ver o que acontecia.

Escreve uma mensagem rápida sem a traduzir. O miúdo podia usar um motor de busca, tal como ele, e encontrar um tradutor e, depois de a reler várias vezes, carregou em ENVIAR.

Caro François,

Obrigado pela tua mensagem. Como soubeste da nossa existência?

E-Z.

A resposta de François foi tão rápida que fez com que E-Z ficasse ainda mais desconfiado. Desta vez, em inglês, diz o seguinte

Querido E-Z,

Obrigado pela tua resposta rápida.

O meu professor viu o teu site e nós aprendemos sobre ti e a tua equipa como parte da nossa aula de actualidades.

Espero ter notícias tuas em breve.

O teu amigo,

François.

Parecia mesmo legítimo. Escreveu outra mensagem, perguntando a François que tipo de poderes de super-herói tinha para oferecer à sua equipa, para que ele pudesse discutir o assunto com eles. Momentos depois, François enviou-lhe a seguinte mensagem:

Caro E-Z,

Obrigado por te dar a oportunidade de te falar das minhas capacidades de super-herói.

Primeiro, tal como tu, nem sempre fui um super-herói. É algo que temos em comum. Foi por isso que pensei que seria uma boa opção para a tua equipa.

Em vez de te dizer, gostaria de te mostrar. Em anexo, tens um convite privado para veres o nosso canal do YouTube - o meu pai ajudou-me. A ligação só está disponível para ti e o convite para ver o canal expira dentro de vinte e quatro horas.

Fico à espera de notícias tuas depois de o veres.

O teu amigo,

O teu amigo, François.

Curioso e sem hesitar, E-Z clica no link. Aparece uma mensagem a pedir-lhe que responda a uma pergunta, à qual não tem qualquer problema em responder, uma vez que está relacionada com o basebol.

Uma vez lá, clica no clip, aumenta o volume e o filme começa imediatamente.

A primeira pessoa que viu foi um miúdo que se apresentou como François Dubois, de sete anos, através do texto que foi traduzido por ele na parte inferior do ecrã.

O miúdo era alto, muito alto. De facto, está ao lado de várias varas de medição. O pai fez zoom para mostrar que François, aos sete anos, já tinha 163 centímetros de altura. Para além da sua altura, François parecia-se com qualquer outro miúdo de sete anos, com cabelo castanho-avermelhado, um par de óculos grossos com aros escuros no nariz, uma camisa axadrezada, calças de ganga azuis e ténis pretos.

"Bonjour E-Z!" disse François, com um sorriso que revelava que lhe faltavam os dois dentes da frente.

E-Z sorri de volta, depois observa François e o pai a discutirem um assunto em francês, sem qualquer tradução. A discussão parecia acalorada, pelos gestos que faziam com as mãos e pelas expressões faciais. Espera que François não vá tentar fazer algo perigoso.

E-Z observa enquanto François continua a caminhar até ao ponto de referência mais conhecido de Paris, França - a Torre Eiffel. Um cartaz no exterior indicava que o custo de entrada para quem tinha entre 12 e 24 anos era de 5 euros. François fechou os olhos e voltou a abri-los. Espera um pouco. Espera um minuto. Alguma coisa mudou, talvez seja a iluminação.

Continua a observar enquanto François se posiciona ao lado de um outro letreiro que diz:

Feira Mundial de Paris, 15 de maio de 1889.

"UAU!" exclamou E-Z, tentando perceber o que tinha acabado de testemunhar. Viajas no tempo?

François fechou os olhos e voltou a estar ao lado do letreiro original 12-24 anos 5 euros.

A câmara ficou toda desfocada. Na parte inferior do ecrã, aparece a frase: "Um momento, por favor".

Com um clique, a câmara começou a rodar novamente, mas desta vez, François estava ao lado da Catedral de Notre-Dame de Paris. Desde o grande incêndio de 2019, a catedral estava a ser reconstruída e os andaimes e guindastes estavam a trabalhar intensamente.

Tal como antes, fecha os olhos e volta a abri-los.

"Nem penses!", exclama E-Z. exclama E-Z.

François estava em 1163, no mesmo dia em que foi colocada a primeira pedra da grande catedral de Notre Dame.

E-Z fez uma pausa. Será que isto é falso? Claro que sim. Com a tecnologia atual, qualquer pessoa pode falsificar qualquer coisa. E, no entanto, algo no seu instinto lhe dizia que era legítimo. Mas precisava de uma segunda opinião. Precisava do Tio Sam.

Olhando para o François em pausa no ecrã, E-Z clicou em start. François acenou quando o vídeo terminou.

E-Z clicou e voltou à sua caixa de entrada. Carrega em responder e escreve o seguinte e-mail a François:

Querido François,

Obrigado por me deixares ver o teu superpoder. Preciso de falar com a equipa. Se decidirmos aceitar-te, quando poderás juntar-te a nós?

O teu amigo,

E-Z

Espera um segundo e relê a mensagem antes de a enviar. Pensa em mudar SE para QUANDO. Indeciso, considera o superpoder de viagem no tempo de François. O miúdo seria uma excelente adição à equipa.

Mesmo assim, tem de pedir uma segunda opinião. Antes de pensares mais no assunto. Mandou uma mensagem ao Sam: "Tens um segundo?"

Um novo e-mail apareceu na sua caixa de correio com as palavras:

OLÁ, E-Z,

Se me aceitares na equipa, podes vir buscar-me?

O teu amigo,

O teu amigo, François.

E ele teve de pensar um pouco sobre isso.

Responde:

Volto a falar contigo logo que possível.

O teu amigo,

E-Z.

Sam entrou na cozinha: "O que se passa, miúda?"

"Desculpa ter-te tirado do filme."

"Já estava a adormecer, por isso ainda bem que me distraio."

"Recebi um e-mail através do nosso site de um miúdo de França que pediu para se juntar à nossa equipa. Ele e o pai fizeram um vídeo, já o vi. Tem capacidades impressionantes. Dá uma vista de olhos e diz-me o que achas.

Sam ficou calado durante todo o vídeo. Quando acaba, pede para ver outra vez.

Quando terminou pela segunda vez, E-Z perguntou: "O que é que achas?"

"Acho que o que vês é impressionante. Um rapaz de França que viaja no tempo".

"Dava-nos jeito um superpoder como esse na nossa equipa.

"Exatamente", disse Sam. "E é por isso que estou desconfiado. Já te correspondeste com o rapaz?"

E-Z percorreu o que tinha sido dito até agora.

"Como é que ele sabe que não tiveste superpoderes durante toda a tua vida?", perguntou.

"Sim, foi o que eu pensei também. Mas acho que é uma suposição razoável. Ele é um miúdo esperto.

"É verdade", disse Sam. "Importas-te que eu dê uma vista de olhos e veja o que consigo encontrar?

E-Z acenou com a cabeça e Sam pegou no portátil. Verifica o endereço IP, que parece ser legítimo. Não teve problemas em localizar o local em Paris.

Procura o nome de François, descobre a escola que ele frequenta. Descobre que ele jogava basquetebol. Descobre que era bom a soletrar. Não parece ter-se metido em sarilhos.

Depois, Sam encontrou uma nota de falecimento da mãe de François, que tinha morrido quando ele tinha cinco anos. A causa da morte não era especificada, mas pedia-se que fossem feitos donativos à Fundação do Cancro da Mama de Paris.

"Parecia ser tudo legítimo", disse Sam.

"Mesmo assim, como é que podemos ter a certeza? Não quero correr riscos desnecessários."

"A única maneira de teres a certeza seria entrevistar o miúdo pessoalmente. Ele hesitou: "Hm, ele perguntou quando é que o podias vir buscar. Agora que penso nisso, é uma ideia bastante estranha para um miúdo que viaja no tempo sugerir.

"Sim, não tinha pensado nisso dessa forma."

"Uma coisa é certa, E-Z, se alguém o vai apanhar, serei eu. Precisam de ti aqui.

"Agradeço a oferta, tio Sam, mas a tua vida em perigo não é uma opção."

"Está bem", disse o Sam. "Soubeste alguma coisa do Alfred?"

Na deixa, o Alfred entrou na cozinha. "O que foi?", perguntou.

ZAP

Chega um gatinho branco e fofo.

"Bonjour E-Z, chamo-me Poppet. Manda-me o François."

"Oh, meu Deus", foi tudo o que E-Z disse.

Imediatamente, recebe um e-mail de François que diz:

"Chegaste bem?"

O Tio Sam disse: "Bem, isso responde à nossa pergunta."

E-Z escreve: "Sim, ela está aqui."

ZAP

A Poppet desapareceu.

"Isto é tão fixe", escreveu o François. "Quando estiveres pronto, se me quiseres na tua equipa, eu próprio vou experimentar."

"Aguenta firme por agora", disse E-Z.

"Como é que o Poppet sabia onde vivíamos? Sam perguntou.

"Isso eu não sei."

CAPÍTULO XXI
A DECISÃO FRANCOIS

NO DIA SEGUINTE, E-Z convocou uma reunião de emergência do grupo. Depois de todos estarem sentados, começa logo a falar.

"Um potencial novo membro pediu para se juntar à nossa equipa. O Sam e eu investigámos a sua candidatura e tudo parece legítimo."

"Concordo com a tua opinião", disse Sam.

E-Z acenou com a cabeça: "O François é um viajante do tempo."

"Uau!" disse Lia.

"Fantástico!" disse Lachie.

Os outros fizeram comentários semelhantes, à exceção de Charles, que perguntou: "O que é um viajante do tempo?

"Tu és!" disse Brandy.

"É alguém que viaja de um tempo para outro", disse Lia.

"Se calhar, basta veres este vídeo para perceberes melhor, e todos nós perceberemos melhor o que ele pode fazer." Olha de relance para Alfred: "Mas, antes de falarmos de François, gostaria de passar a palavra a Alfred, para que ele nos conte o que descobriu no livro. É para ti, Alfred."

O cisne trompetista limpa a garganta, enquanto todos os olhos se viram para ele.

"O cisne trombeteiro limpou a garganta, enquanto todos os olhos se voltavam para ele. Uma vez que as Fúrias receberam um mandato específico - e estão a cumpri-lo (apesar de estarem a contornar as regras), acho que Zeus nem sequer as pode castigar pelo que estão a fazer."

"Estás a dizer que é inútil?" perguntou Brandy.

"Não, não estou a dizer que não há esperança, mas não consigo ver uma saída. Isto é, a não ser que eles não saibam o que nós sabemos.

"O que é?" perguntou Brandy.

"O plano do Eriel. Como ele os estava a usar. Onde está o Eriel. Como é que ele está incomunicável."

"É verdade, eles devem estar a perguntar-se porque é que ele não comunica com eles", disse Lachie.

"E isso pode criar desconfiança", acrescentou Brandy.

"E se", disse Sam, "essa informação lhes fosse revelada?" "Estava a pensar na mesma coisa", disse Samantha. "Se calhar, sem ele, eles viravam as costas e fugiam.

"Mas pode acontecer o contrário. Sem ele a mantê-los sob rédea curta, talvez o façam. Bem, quem sabe o que fariam!" disse E-Z.

"Já apanharam muitas almas", diz Lia. "Acho que o F-7 tem razão. Saber que ele está fora de cena pode torná-los mais corajosos."

Alfred reparou que a conversa estava a bater numa parede: "Então, vamos falar dos superpoderes do François. Viaja no tempo. Como é que nos pode ajudar?"

"Mais uma coisa", começa E-Z, "e foi o Tio Sam que reparou nisto, por isso talvez ele seja a melhor pessoa para te explicar."

"Não, vai tu à frente", disse Sam.

"O François mandou-te um gatinho."

"Um gatinho?", perguntou o Sobo. perguntou o Sobo.

"Sim, chama-se Poppet e chegou à cozinha. Recebi logo uma mensagem do François a perguntar se ela tinha chegado bem. Ela disse olá - sim, ela podia falar. Depois de confirmar que tinha chegado em segurança, voltou a sair. A pergunta que o Sam fez mais tarde foi: como é que ela sabia onde vivíamos?"

"Espera um minuto," disse Charles. "Alguém não me disse que a tua morada estava publicada na Internet?

"Também ouvi isso", disse Brandy.

Sam disse: "Uau, parece que foi há séculos, mas é verdade."

Eles juntaram-se à volta de Sam e viram a sua casa online ligada ao sítio Web para toda a gente ver.

"Bem, não há dúvida sobre isso. Se eles sabem quem nós somos, então também sabem onde estamos", disse Sam. "A não ser que..."

"A menos que o quê?" E-Z perguntou.

"A não ser que eles não sejam tão entendidos em tecnologia como nós pensamos que são.

Sobo disse: "Nunca subestimes um inimigo. É assim que vilões indignos se tornam heróis".

"Primeiro, vamos ver o François a viajar no tempo e depois vamos fazer um brainstorming sobre como ele nos pode ajudar a derrotar as Fúrias.

Viram o filme em silêncio. Quando acabou, E-Z disse: "Vou escrever a lista. Quem quer começar?"

"Não, disse Sam. "Acho que devíamos escrevê-la à moda antiga. Sabes, com papel e caneta." Vai até à gaveta da cozinha e tira um bloco de notas que usavam para as listas de compras e uma caneta. "Tu vais em frente e fazes um brainstorming, eu sou a secretária. E nem sequer tens de me pagar um salário."

Depois de algumas gargalhadas e risinhos, as ideias começaram a surgir:

#1. O François podia voltar atrás no tempo, descobrir o que aconteceu ao PJ e ao Arden e impedir isso.

#2. O François podia voltar atrás no tempo e impedir que todos os miúdos fossem mortos.

#3. O François podia voltar atrás no tempo e impedir que os pais do E-Z fossem mortos, impedir que o seu acidente acontecesse.

#4. Faz o mesmo em relação ao acidente da Lia.

#5. Faz o mesmo em relação ao acidente da família do Alfred.

#6. Idem em relação ao facto de o Lachlan estar fechado numa jaula.

Interlúdio.

Haruto estava feliz com a sua nova família. Fim da história.

A Brandy não se importava de poder morrer e voltar à vida, embora tenha perguntado se voltar ao dia da audição era uma opção viável. Este pedido foi recusado por unanimidade.

Charles também não se arrependeu.

Retoma a sessão de brainstorming:

#7. O François podia voltar ao tempo antes de as Fúrias serem criadas para garantir que lhes era dado um Calcanhar de Aquiles.

#8. O François podia voltar atrás no tempo, ao primeiro dia em que a Eriel se encontrou com as Fúrias. Podia ser um espião. Ou podes fazer com que elas nunca se encontrem?

#9. Se a Poppet podia entrar e sair, o François podia fazer o mesmo?

O Alfred disse: "Espera um minuto. Isto é completamente louco, mas e se o François voltasse atrás e cancelasse a existência das Fúrias?"

"Uau, é uma excelente ideia!" disse E-Z. "Mas em todas as histórias que li sobre viagens no tempo, brincar com vidas e mudar acontecimentos é sempre mal visto."

"Sim, lembro-me disso no Regresso ao Futuro. Mas por experiência própria," explicou Brandy, "quando morro e volto, é como se os acontecimentos que levaram à minha morte nunca tivessem acontecido. É como um sonho, se é que me entendes?"

"Sam espreguiçou-se e bocejou. "Os bebés vão acordar em breve. Não quero ultrapassar os limites da liderança do E-Z, mas acho que temos de passar algum tempo a pensar antes de tomarmos qualquer atitude."

"Concordo. Obrigado a todos por uma excelente sessão de brainstorming", disse E-Z.

E a reunião foi encerrada.

CAPÍTULO XXII

LEITE QUENTE

LIA E OS OUTROS passaram o dia a fazer as suas próprias coisas. À noite, exausta, remexe-se e vira-se, mas não consegue dormir. Frustrada depois de horas sem dormir e com preocupações constantes, desceu as escadas para beber um pouco de leite quente.

Colocou uma caneca no micro-ondas, carregou nos 40 segundos e depois carregou no botão de arranque. Enquanto o relógio fazia a contagem decrescente, observou os números 39, 38, 37, 36, etc., até que apareceu o número 33. Foi o último número que viu.

"Uh, olá Little Dorrit," disse ela, desejando ter vestido o seu robe. "Onde é que vamos?

"Estamos numa missão", disse o unicórnio. "Onde vais?"

"Não sabes quem é?"

"Não. Eu estava a tratar da minha vida quando me chamaste, Lia, não te lembras?

"Eu não te chamei", disse Lia. "Ainda não fui dormir. Não te chamei", disse Lia.

O unicórnio ficou paralisado no ar.

O UNICÓRNIO CONGELOU NO AR.

A Pequena Dorrit levantou voo a toda a velocidade.

"Argghh!" A Lia gritou, agarrando-se à vida. "O que é que está a acontecer? Porque é que vais tão depressa?

"Não sei", disse o unicórnio. "É como se alguém ou alguma coisa me tivesse controlado. Tenta parar, como tinha feito momentos antes. Agora, não importa o que faça, não consegue parar. Nem conseguia abrandar.

"Agarra-te bem!" A pequena Dorrit gritou, enquanto o seu corpo começava a rolar para a frente, de cabeça para baixo. "Oh não!"

Lia gritou, mas agarrou-se com toda a força. Por fim, pararam de rolar, mas em vez de abrandarem, aceleraram ainda mais.

Continua a voar enquanto a noite se transforma em dia. Quando o sol se aproxima do céu, a distância entre ele e eles diminui.

"Sinto que a minha pele está a arder! exclama a Lia.

"Também o meu pelo", diz a Pequena Dorrit. "Deixa-me tentar dar-nos a volta outra vez. Ela tentou e, como antes, eles rolaram de cabeça para baixo, de cabeça para baixo, diminuindo a distância entre eles e o sol quente.

"Tens de voltar para trás!" Lia gritou. "Se não o fizermos, estamos feitos."

"Mas eu não consigo parar. Não consigo fazer nada. Espera, vou pedir a ajuda da Baby."

Com o sol flamejante como pano de fundo, três criaturas aladas apareceram. Dão-se as mãos, enquanto os seus mantos negros rodopiam e se torcem à volta dos seus corpos.

SNAP!

FAZ UM ESTALIDO!

FAZ UM ESTALO!

foi o som que encheu o ar, o som de um chicote a estalar, enquanto Lia e Little Dorrit eram puxadas para ele como se estivessem num feixe de tração. Os trovões ribombavam, embora não se visse nenhuma tempestade, enquanto as garras do sol se estendiam em direção a elas, ameaçando desintegrar a sua própria existência.

"Estamos feitos!" disse Lia. "Obrigada por tentares salvar-nos." Abraça o unicórnio. "Quem me dera que tivesses rédeas. Assim talvez te pudesse dar a volta."

ZAP!

As rédeas apareceram.

A Lia pôs as mãos à volta delas, mas antes de as poder controlar, elas derreteram-se em nada.

"Tens razão, acho que estamos feitos", disse a Pequena Dorrit. Gotas de vidro escorreram dos seus olhos.

BONJOUR

François apareceu: "Posso ajudar-te?"

"Claro que podes," exclamou Lia. "Tira-nos daqui para fora!"

"Fecha os olhos e segura-te bem", disse François.

Lia e o pequeno Dorrit tremiam de medo.

DING. DING. FAZ O QUE QUISERES.

O micro-ondas. A cozinha.

Lia caiu no chão.

A pequena Dorrit aterrou em segurança num riacho fresco, onde chapinhou, e depois foi para casa.

"Onde estiveste?" perguntou o bebé.

"Acho que não recebeste a minha mensagem. Esquece. Esquece, estou muito cansada", disse Little Dorrit. "Eu conto-te de manhã."

CAPÍTULO XXIII

DIA SEGUINTE

É A VEZ DE Sobo preparar o pequeno-almoço e é ela que encontra Lia, no chão, enrolada como um novelo de lã.

Sobo solta um grito: "Vem depressa! A nossa Lia precisa de ajuda!"

Samantha foi a primeira a chegar. Encosta imediatamente os lábios à testa da Lia para verificar a temperatura e depois grita ao marido para que traga o termómetro para verificar.

"A temperatura dela é de 107,7", confirmou Sam. "Temos de a levar para o hospital."

Samantha ligou para o 112 enquanto Sam pegava em Lia e a carregava e colocava no sofá e esperavam pela ambulância.

"Eu aguento o forte", disse Sam, enquanto a mulher e o Sobo seguiam os paramédicos que transportavam a Lia inconsciente numa maca.

Quando a ambulância se afastou da berma com a sirene a tocar, Lia abriu os olhos e tentou sentar-se.

"Sinto-me bem", disse ela.

O paramédico voltou a medir-lhe a temperatura e estava normal. Encolhe os ombros.

Quando chegaram ao hospital, Lia já tinha voltado a ser ela própria e queria voltar para casa - agora.

"Embora os sinais vitais dela estejam bons, já que nos chamaste, temos de continuar. A Lia vai ser internada e, assim que o médico de serviço lhe der autorização, pode ir para casa."

"Bem, pelo menos deixa-me entrar", disse a assistente, enquanto o motorista abria as portas.

"Não, menina, fica quieta", disse ele, enquanto se preparavam para levar a maca e a sua ocupante para dentro, com Samantha e Sobo a seguirem-na.

A Samantha enviou uma mensagem de texto a Sam com uma atualização. Ele respondeu com um emoji de polegar para cima, no momento em que ela praticamente se cruzou com os pais de PJ e Arden, que estavam a sair.

"Estão acordados! Os nossos rapazes estão acordados!"

"Os dois?" Samantha exclamou, enquanto transmitia esta última informação a Sam, que acordou o sobrinho para lhe dar a boa notícia.

"Vai já para aí!" disse E-Z depois de chamar um táxi.

CAPÍTULO XXIV
VISITA O HOSPITAL

E-Z ESTAVA A CAMINHO para ver os seus dois melhores amigos. No táxi, a sua mente não parava de repetir as boas notícias vezes sem conta. Tanta coisa tinha acontecido. Tanta coisa que eles tinham perdido. Tantas coisas que tinha para lhes contar. Queria contar-lhes.

"Sabes qual é o quarto?", perguntou a enfermeira.

Ele disse-lhe que não, e ela rapidamente o encontrou para ele. Depois de lhe agradecer, apanhou o elevador e dirigiu-se ao quarto deles, pensando se deveria comprar-lhes alguma coisa. Flores? Um rebuçado. Decide perguntar-lhes se precisam de alguma coisa.

Chegando mesmo à porta do quarto, ouviu as suas vozes e ficou a espreitar por uns instantes, antes de dar a conhecer a sua presença. Depois respira fundo, tentando evitar que as suas emoções o dominem - não queria ficar todo lamechas e envergonhar-se...

"Entra, meu fofinho!" disse o PJ.

"Ahhhh, ele sentiu a nossa falta!" disse Arden.

"Não deviam estar mais bonitos depois de todo aquele sono de beleza? Já agora, vocês precisam de fazer a barba!"

"Não queremos ofuscar-te e eu gosto da sensação do meu bigode", disse Arden.

"Sabemos que adoras a atenção! Vejo que a tua escova de garrafa também precisa de ser aparada!"

A mãe de PJ, que tinha acabado de regressar ao quarto, sussurrou a E-Z que não queriam que os rapazes exagerassem, uma vez que só estavam acordados há algumas horas.

Depois de conversarem um pouco, E-Z abraçou os dois amigos e disse que tinha de ir. "Eu volto", prometeu, "e vou comer um hambúrguer ou dois - ouvi dizer que a comida do hospital é mesmo muito má".

"Não vais nada!" disse a mãe de Arden, que também regressou ao quarto.

Recua a cadeira, com a mãe de Arden virada para ele, e os seus dois amigos juntam as mãos, pedindo-lhe que lhes traga comida.

Ao longo do corredor, não conseguia acreditar como tinha sentido a falta deles - e como estavam com bom aspeto. Apanhou o elevador para as Urgências, onde encontrou a Samantha e o Sobo.

"Tens novidades?" Pergunta ao E-Z.

"Ela estava bem, furiosa, e fizeram-na ficar para a examinar. "Mas vou sentir-me melhor quando ela tiver alta e pudermos sair daqui.

"Eu também", disse E-Z. "Deixa-me ir dar uma vista de olhos. Empurra pelo corredor. Vai escutando as vozes dentro de uma área com cortinas que ele considera serem as estações de pré-admissão. Finalmente, ouve a voz de Lia lá dentro e entra.

"Por favor, espera lá fora", disse a enfermeira.

"Mas ela é minha irmã.

"Quero ir para casa - agora!", exigiu ela, depois cruzou os braços sobre o peito.

"Vais ter alta assim que o médico disser que podes ter alta. E nem um momento mais cedo."

"Como é que estás? A mãe está preocupada contigo."

"Vou deixar-vos a sós para conversarem", disse a enfermeira. "O médico deve estar quase a chegar. Oh, e certifica-te de que ela fica calma.

"Obrigado", disse E-Z.

Quando ela se foi embora, abraçaram-se.

"A pequena Dorrit e eu quase nos queimámos com o sol!", disse ela. Conta a E-Z tudo o que aconteceu, do princípio ao fim.

"É interessante que tenha sido o François a salvar-te."

"Não sei como é que ele soube. A Pequena Dorrit e eu pensámos que estávamos perdidos. Foi definitivamente as Fúrias. Elas queriam queimar-nos!

Estávamos a ficar chamuscadas. Elas são horríveis, bruxas más!"

"Havia cobras?" perguntou E-Z

"Cobras e chicotes."

"Parece mesmo as Fúrias." E-Z hesitou. Muda de assunto. "Já ouviste falar do PJ e do Arden?"

Ela abanou a cabeça.

"Eles acordaram!"

"Não me digas! É uma coincidência estranha, não achas? Eles tentam matar-me a mim e à Pequena Dorrit e, entretanto, os nossos dois amigos em coma acordam."

"Tens razão, acho que está tudo ligado."

Samantha afastou a cortina: "O que é que está ligado?" Abraça a filha. "Como te sentes agora, querida?"

"Não sou um bebé", disse a Lia. "Mas sinto-me melhor e quero ir para casa. Depois de falar com o PJ e o Arden.

Sobo entra. Abraça a Lia.

"O que te aconteceu?", pergunta.

Mais uma vez, Lia explica tudo. A mãe não aceitou tão bem como Sobo. E-Z apressa-se e serve um copo de água a Sam. Enquanto Sobo tinha muitas perguntas. "Estavas a aquecer leite no micro-ondas?

Lia acena com a cabeça.

"E foi aí que saíste da cozinha?

"Sim, e diretamente para as costas da Pequena Dorrit. A Pequena Dorrit disse que eu a tinha convocado, mas eu não tinha.

"E depois o que é que aconteceu?" perguntou o Sobo.

"Bem, a Pequena Dorrit estava a voar e estávamos a conversar e quando nenhum de nós sabia para onde íamos ou porquê, estávamos a pensar em voltar para trás. Quando demos por nós, a Pequena Dorrit e eu estávamos a ser forçados a aproximarmo-nos cada vez mais do Sol, sem podermos voltar para trás."

"Mas tu e a Pequena Dorrit não satisfazem os critérios das Fúrias. Elas não deveriam ser capazes de tocar em nenhum de vocês!" exclamou E-Z.

Samantha disse: "Talvez seja só uma coincidência.

Sobo repetiu o seu conselho de antes: "Nunca subestimes um inimigo".

Assim que Lia teve autorização para ir para casa, ela e E-Z surpreenderam PJ e Arden com cheeseburgers e batatas fritas, que contrabandearam.

No caminho para casa, no táxi, com Samantha, Sobo e Lia, E-Z pensava numa coisa e só numa coisa. As Fúrias tinham atacado Lia e Little Dorrit e tinham falhado. Não só tinham falhado - graças a François - como, de alguma forma, o universo tinha mandado de volta PJ e Arden.

Achas que é coincidência? Pensa que não. Em vez disso, o que ele queria acreditar era que os poderes das Fúrias diminuíam se elas se aventurassem fora do seu mandato.

De qualquer forma, ele e a sua equipa tinham de estar prontos a qualquer momento para tirar partido da situação.

Esta pode ser a tua única oportunidade.

A única vantagem a seu favor.

CAPÍTULO XXV
AVÓ

"Tenho de fazer mais uma pergunta", perguntou Sam a E-Z antes de todos entrarem para a reunião.

"Está bem, pergunta à vontade", disse E-Z.

"Bem, eu queria saber porque é que a Rosalie não sabia do François."

"Eu", foi o máximo que E-Z conseguiu antes de Brandy e Lia entrarem na cozinha.

"Não te preocupes connosco," disse Brandy, enquanto abria o frigorífico, tirava o sumo de laranja e acabava-o antes de atirar o recipiente para o caixote do lixo.

"Devias lavar isso primeiro", disse E-Z, o que Brandy fez. Depois, deita-se numa cadeira e limpa a boca com as costas da mão.

"Desculpa, não queria ser mal-educada, sabes, parando abruptamente como fiz. Queria que estivéssemos todos aqui para discutir as preocupações do Tio Sam."

"É justo," disse Lia, sentando-se ao lado de Brandy.

Um a um, os outros chegaram e tomaram os seus lugares à volta da mesa.

E-Z começou por pôr toda a gente a par da recuperação milagrosa de PJ e Arden, o que foi seguido de uma grande salva de palmas por todos, incluindo aqueles que ainda nem sequer os conheciam.

"A seguir, na ordem do dia, e penso que estes dois pontos podem estar ligados, Lia e Little Dorrit foram enganadas para sair de casa e as suas vidas foram postas em perigo. Se não fosse o François, as Fúrias, que consideramos responsáveis, poderiam ter sido bem sucedidas."

"Bravo, François!" disse Charles.

"Como é que foste enganado?" perguntou Brandy.

"Onde é que isso aconteceu?", pergunta Lachie. perguntou Lachie.

"Lia, queres contar?" Pergunta ao E-Z. Ela abanou a cabeça, não. "Salta se me escapar alguma coisa", disse ele. Continua e explica o que aconteceu e porque é que eles pensavam que as Fúrias eram as responsáveis.

"Desde então, tenho andado a pensar nas Fúrias e no seu mandato. Como sabemos, elas têm de o cumprir. Quando tentaram matar Lia e Little Dorrit, quebraram as regras. Que razão poderiam dar para tentar matar Lia ou Little Dorrit? Não só foram contra o seu mandato, como falharam. Agora considera o que aconteceu exatamente ao mesmo tempo - quero dizer, claro, PJ e Arden - eles saíram dos seus comas. Achas que é coincidência? Acho que não.

"E quanto mais os relaciono na minha mente, mais me pergunto se as Fúrias estarão a enfraquecer. Se eu estiver certo, então agora pode ser a altura certa para as derrotarmos."

"É possível," disse Alfred, "mas lembro-me de ler sobre Einstein nos meus tempos de escola - o que pode provar o contrário. Quero dizer, pode não ter sido as Fúrias de todo. Pode ter sido uma perturbação no continuum espaço-tempo. Como o François conseguiu salvá-los e nenhum de nós sabia que estava a acontecer, parece-me uma possibilidade que vale a pena investigar, não achas?"

Sam andou de um lado para o outro. "Dado tudo o que sabemos sobre as Fúrias, e o que eu me lembro dos meus estudos sobre Einstein - para ter uma chance de dobrar o continuum espaço-tempo, Lia e Little Dorrit teriam que estar viajando mais rápido que a luz - 186.282 milhas por segundo. Se estivesses a ir tão depressa, estarias a andar para trás no tempo e não para a frente.

"Nós estávamos a viajar depressa, mas não tão depressa", disse Lia.

"Conta-nos outra vez o que aconteceu, Lia. Conta-nos outra vez, Lia. Quadro a quadro. Conta-nos outra vez o que aconteceu, Lia. Quadro a quadro, até ao momento em que o François apareceu.

A história de Lia começa na cozinha e termina com ela no hospital.

Com um levantar de mãos, todos votaram a favor da responsabilidade das Fúrias, mas ninguém conseguiu explicar porque é que François sabia, ou como foi chamado.

"Chamaste-o?" Pergunta a E-Z. "Quero dizer, como é que ele sabia? É algo que tenciono perguntar-lhe."

"O que me traz de volta ao ponto de partida", disse Sam. "E a minha pergunta é, porque é que a Rosalie não sabia do François.

"E como é que está a Pequena Dorrit? perguntou o Sobo.

"Não sei como está o François, mas o unicórnio estava a dormir quando fui buscar erva esta manhã.

"Ah, isso é bom," disse Lia.

"Talvez os médicos tenham uma explicação para o facto de o PJ e o Arden terem acordado quando acordaram? perguntou Sam.

"É verdade, talvez tenham, mas não vejo que isso seja importante para nós. Não te preocupes. O principal é que eles estão acordados e ainda não sabemos se as Fúrias foram responsáveis por eles. No entanto, temos provas do que elas têm andado a fazer a outras crianças e, de uma forma ou de outra, temos de as fazer pagar. E temos de os fazer parar".

"Talvez os médicos tenham uma explicação para o facto de o PJ e o Arden terem acordado quando acordaram? perguntou Sam.

"É verdade, talvez tenham, mas não vejo que isso seja importante para nós. Não te preocupes. O principal é que eles estão acordados e ainda não sabemos se as Fúrias foram responsáveis por eles. No entanto, temos provas do que elas têm andado a fazer a outras crianças e, de uma forma ou de outra, temos de as fazer pagar. E temos de as fazer parar."

"Toma! Toma!" disse Charles, batendo com a mão na mesa.

"Podemos falar um pouco mais sobre o François?", perguntou Brandy.

"E se ele não nos quiser contar nada," pergunta Charles, "a não ser que o aceitemos como membro da equipa?"

O Charles tem razão", diz E-Z. "Estou preparado para usar isto. "Estou preparado para usar isto como um teste com o François. Se ele não nos disser o que sabe, então talvez não esteja destinado a ser um de nós.

"E se ele for mesmo um bom mentiroso?" perguntou a Brandy. "E algumas pessoas são excelentes mentirosos."

Lia disse: "Porque não fazemos uma chamada Zoom? Podemos todos conversar com ele, ver o que ele é e depois votamos? Eu já estou preparada para votar sim".

"Não," disse E-Z. "Não quero que ele saiba nada sobre o Charles, o Haruto, o Lachie ou a Brandy. Tudo o que ele sabe agora é o que consegue encontrar na internet.

"E, no entanto," interveio Sam, "a Poppet conseguiu entrar em nossa casa."

"Sim, tens isso", diz E-Z.

"Além disso, salvou-nos a mim e à Pequena Dorrit - por isso, sabe tudo sobre ela.

""Sinto que estamos a andar em círculos", disse Alfred. "Entretanto, mais crianças morrem e vão para os Apanhadores de Almas que pertencem a outros que já morreram", disse Alfred. "Esperava que estivéssemos mais adiantados, depois de ter decifrado a informação do livro.

"Espera um minuto", disse E-Z. "Alguém viu o Hadz e o Reiki hoje?"

Ninguém viu.

O telemóvel de E-Z tocou. Recebeu uma longa mensagem de texto de PJ e Arden:

"Não nos perguntes como, mas sabemos que as Fúrias vão na tua direção. E sim, temos um plano. Precisamos de saber assim que as vires. Manda-nos uma mensagem - e ao Haruto".

respondeu E-Z. "O que queres dizer com ????"

"Confia em nós", respondeu PJ.

Ambos trocaram emojis de polegar para cima, e depois explicou a situação a Haruto e aos outros.

Sabendo que as Fúrias estavam preparadas para começar a luta agora, no território do inimigo e sem a sua líder Eriel, E-Z sentiu-se ansioso. Mas eles tinham perdido o elemento surpresa, graças a PJ e Arden.

Ficar sentado à espera que eles cheguem não era a melhor das estratégias.

Mas agora eles estavam em vantagem. Tudo o que tinham que fazer era sentar e esperar - e torcer.

CAPÍTULO XXVI
VISITANTES INESPERADOS

TODOS FAZIAM O SEU trabalho, tentando manter-se ocupados enquanto esperavam. Então, apesar das paredes de tijolo, um fedor incontornável irrompe.

"O que é isto? Lia gritou, fechando o nariz com os dedos. "Ainda sinto o cheiro!"

A Brandy estava a fazer o mesmo com a mão direita e com a esquerda, estava a espalhar ambientador pela sala que, em vez de diminuir o poder do fedor, parecia tornar o ar mais espesso e aumentá-lo.

"Vamos lá para fora!" disse Lachie. "Talvez lá fora seja melhor?" Abre a porta, apesar de a lógica lhe dizer que se o cheiro era mau lá dentro, tinha de ser pior lá fora. No início, os seus sentidos foram enganados e não lhe cheirou a nada. Estaria a habituar-se? Estariam as Fúrias a bombardear o interior da casa?

Depois, avistou a Dorrit e o Bebé, a voar por cima. "Não está melhor aqui em cima!" disse Baby.

"Não importa como vamos!" acrescentou a Pequena Dorrit.

Depois voltou a sentir o cheiro, o fedor como uma bofetada na cara e, por um momento, perdeu o equilíbrio. Avistou o estendal e os pregadores, e correu para eles. Aperta um deles ao nariz, e voilá, não conseguia cheirar nada. Acena à Pequena Dorrit e ao Bebé para descerem e, quando eles descem, aplica as cavilhas necessárias (os seus narizes precisavam de várias) até que também eles deixem de sentir o cheiro malcheiroso.

"Obrigada", disseram a Pequena Dorrit e o Bebé, ao levantarem-se do chão. "Nós ficamos a vigiar.

Lachie fez-lhes um sinal de positivo, e depois reparou que havia um pouco de agitação no caminho em direção à vedação que ficava no jardim. Um grupo de criaturas formou um círculo, como se estivessem a ter uma reunião. Dirigiu-se para ele, quando uma coruja se levantou de um ramo e pousou no seu ombro.

"Uh, olá," disse ele, olhando para os olhos da coruja. "Já nos conhecemos?" A coruja acenou com a cabeça e então ele reconheceu quem era. Era o Sobo. "Quando disseste que o teu superpoder era a transformação, não pensei em ti assim!"

"O Haruto não sabe", disse ela. "Pelo menos acho que não se lembra de mim - ainda. Ela voou de volta para o grupo de criaturas, "Junta-te a nós", disse ela.

Lachie caminhou entre eles, sendo apresentado um a um a um veado chamado Oboe, um guaxinim chamado Charlie, uma raposa chamada Louise, um pássaro (Blue Jay) chamado Lenny e um segundo pássaro (Cardinal) chamado Percy.

"Viemos para ajudar", disse o veado Oboé, "mas temos muito medo das Fúrias".

"Deixa-me ir a elas!" exclamou Charlie, o guaxinim. "Eu arranco-lhes os olhos."

"E eu arranco-lhes a garganta!" gritou a raposa Piolho.

"Espera! Espera um minuto!" Disse o Lachie. "Esta luta não é tua. Embora aprecie a tua vontade de ajudar, porque não nos dás uma oportunidade primeiro? Se precisarmos da tua ajuda, eu assobio e tu podes entrar?

"Ele tem razão", diz o Sobo. "Mas não se refere a mim." Olha para Lachie, para se certificar de que as suas suposições foram corrigidas e responde com um aceno de cabeça. "Tenho de proteger o meu neto e os outros."

Lenny e Percy, os outros dois pássaros, tagarelavam entre si.

O Sobo, que tinha estado calmo, começou agora a bater as asas de forma errática, repetindo: "Vêm aí coisas más! Vêm aí coisas terríveis! Vêm aí coisas terríveis!"

"Shhh, Sobo", diz Lachie, tentando acalmá-la. "Estamos prontos e eles não sabem que nós sabemos que eles estão a chegar."

BATE, BATE, BATE, BATE

BATE, BATE, BATE, BATE

NÃO TE PREOCUPES.

Era o som que o chão debaixo dos seus pés fazia, pulsando como um coração a tentar sair do peito.

Ao bater seguiu-se o tamborilar.

E depois o rufar.

"As Fúrias estão a chegar!

As Fúrias vêm aí!

As Fúrias estão a chegar!"

Enquanto o céu sobre eles se agitava

E girava.

E ardia.

De um azul brilhante para um vermelho alaranjado e sangrento.

Os vizinhos saíram à rua, como fazem os vizinhos - para ver o que era aquele cheiro malcheiroso. Alguns dos barulhentos que estacionavam desmaiaram quando os seus sentidos foram dominados e outros trouxeram pipocas para o alpendre para comer e ver.

Não faziam ideia do tipo de perigo que se aproximava.

E, no entanto, havia pistas.

Os sussurros que ressoam.

O bater do tambor, o bater do tambor.

Mesmo assim, muitos não se retiraram para a segurança das suas casas.

Em vez disso, comeram as pipocas e beberam os refrigerantes, enquanto esperavam.

FUGINDO

Sem FUGIR.

Enquanto o chão debaixo dos teus pés estava
BATE, BATE, BATE, BATE
BATE, BATE, BATE, BATE
BATE, BATE, BATE, BATE
Depois o bater foi seguido de um tambor.
E depois o rufar.
"As Fúrias estão a chegar! As Fúrias estão a chegar!
As Fúrias estão a chegar!"

***

"Vamos lá para fora!" exclamou E-Z. "E enfrenta-os de frente!" Abre bem a porta da frente, de modo a que ela bata contra a parede.

Brandy, Lia, Haruto, Charles e Alfred estavam atrás dele, prontos para entrar em ação assim que recebessem ordens.

Olhou de relance por cima do ombro, para ver Sam e Samantha a saírem, "Tu não", disse ele. "Os bebés precisam de ti lá dentro. Deixa isso connosco."

Sam e Samantha retiraram-se.

Agora os quatro soldados estavam lado a lado no relvado da frente, à espera. Para um estranho, poderiam parecer um grupo de crianças à espera que o autocarro da escola chegasse num dia normal de aulas. Mas este não era um dia normal. Era o Armagedão.

Os braços de Lia abanavam-se e tremiam enquanto ela procurava na sua mente, abrindo-se à sua mente, na esperança de decifrar que os seus superpoderes lhe permitiriam aceder às mentes das Fúrias. Que ela fosse capaz de se colocar lá fora e encontrar quaisquer pistas, qualquer informação para ajudar a sua equipa - mas a sua mente permanecia em branco.

Alfred disse: "Vou voar até ao telhado. Vê o que consigo ver".

E-Z acenou com a cabeça. "Mantém-te em segurança. E vê se consegues encontrar o Lachie e o Sobo. Já tinha visto o unicórnio e o dragão a voar por cima deles. Faz-lhes sinal com o polegar.

Um assobio alto, e Baby mergulhou, Lachie saltou para as suas costas e juntos juntaram-se a Alfred no telhado. Uma coruja pousou ao lado deles.

"É o Sobo", disse Lachie.

"Vês alguma coisa?" perguntou E-Z.

Alfred bateu as asas: "Vem na nossa direção uma plataforma gigantesca, do tamanho de um icebergue, mas está a mover-se rapidamente".

E-Z tentou imaginá-la na sua mente, mas não conseguiu, porque como é que ele e a sua equipa iam conseguir parar uma coisa destas? Como?

"Vem na nossa direção como um tsunami", disse Alfred.

"Mas não é feito de água", disse Lachie. "Parece que é feita de areia. Uma onda de areia. Leva três mulheres vestidas de preto."

Uma onda de areia, sim, agora conseguia imaginar. "ETA? Quero dizer, tempo estimado de chegada?" perguntou E-Z.

"É difícil dizer", disse Alfred. "Minutos..."

Enquanto isso, debaixo dos seus pés, o chão continuava a bater.

E a bater.

"As Fúrias estão a chegar! As Fúrias estão a chegar! As Fúrias estão a chegar!"

✱✱✱

"Vai para dentro!" E-Z gritou para os vizinhos intrometidos. "Fecha as portas, tranca-as. E alguém que ponha um aviso nas redes sociais. Diz a todos para ficarem dentro de casa. Diz-lhes para não voltarem à rua até eu dar autorização! Agora vai!"

BATE.

BATE.

Por cima do seu ombro, Alfred, uma coruja, Lachie e Baby estavam a olhar para fora, observando enquanto o aceno fechava a distância entre as Fúrias e a sua equipa, enquanto Little Dorrit mantinha um olhar atento lá de cima.

Era tarde demais para fazeres um plano. Tarde demais para fazer qualquer coisa a não ser esperar que estivessem prontos, enquanto o vento os açoitava e empurrava e a terra batia em sincronia com as batidas de seus corações.

BATE.

Atrás dele, a porta da frente partiu-se e voou das dobradiças. Bateu e chacoalhou ao longo da rua, antes de finalmente ficar imóvel.

Sam saiu. E-Z virou a cadeira na sua direção, não acreditando nos seus próprios olhos.

Sam tinha montado um fato, ou uma variedade de fatos, criando a sua própria personagem de super-herói. Na sua cabeça, tinha um capacete de cavaleiro com a máscara virada para cima. Quando se movia para a frente, ela descia e ele tinha de a voltar a colocar no lugar. Pôs um corretor de olheiras - como os jogadores de basebol usam para eliminar o brilho debaixo dos olhos. O seu peito estava inchado, como se usasse um colete à prova de bala por baixo da camisa, e atrás dele seguia uma longa capa preta. Na parte de baixo, usava calças de ganga pretas e o seu par de ténis de corrida preferido.

A equipa de super-heróis tentava não se rir enquanto ele passava ao lado deles e reparava que o seu nome de super-herói - SAM THE MAN - estava cosido no tecido que lhe cobria os ombros.

A Pequena Dorrit baixou-se e atirou a Brandy para as suas costas. A seguir, Lachie saltou para as costas de Baby e levantou voo. Olha para o telhado. A Pequena Dorrit já não estava lá. Alfred e a coruja saltaram do telhado. Todos aterraram ao lado de E-Z e dos outros.

"Todos por um!", disseram. "E um por todos!"

"Mas onde está o meu Sobo?" pergunta Haruto.

O Sobo voou para o seu ombro e ele soube imediatamente que era ela. Depois transforma-se na sua forma humana.

A equipa de crianças já tinha visto Sam, o Tio, transformar-se em Sam, o Homem, e Sobo transformar-se de coruja em avó, mas nenhum deles se deixou abalar por isso.

Porque debaixo dos seus pés o chão continuava a roncar.

E RUMINDO.

Mas as palavras tinham mudado.

"As Fúrias estão quase a chegar.

As Fúrias estão quase a chegar.

As Fúrias estão quase a chegar."

✳✳✳

E-Z E A SUA equipa observavam, enquanto a enorme onda de areia, como um transatlântico a chegar a um porto, se aproximava. Mas esta coisa rasgou as ruas, arrasando casas, árvores e todos os seres vivos pelo caminho. E não estava a abrandar.

Não havia tempo suficiente para descolarem, além disso, estavam atordoados com o tamanho da coisa. Mas parou, e as Fúrias reinaram sobre eles, com as suas vozes a gritarem de riso enquanto olhavam para os seus inimigos pela primeira vez.

"Eles são mesmo reais?" Tisi perguntou. "Parecem bonecos em miniatura à espera de serem pisados."

"Estou a ver que têm um dragão e um unicórnio. E um cisne. Oh, meu Deus!" gritou Ali.

"Lembra-te porque é que estamos aqui," disse Meg. "Agora vocês os dois portem-se bem, enquanto eu vou lá abaixo falar com o líder. Como é que ele se chama?"

"E-Zed", gritou Tisi.

"E-Zed", gritou Ali.

Juntos disseram o nome E-Zed, E-Zed, E-Zed.

"Estão a chamar-te E-Z", disse a Brandy, enquanto dava o pontapé de saída.

"Não!" E-Z gritou. "Espera pela minha ordem!" Mas era tarde demais, Little Dorrit e Brandy já estavam a voar, mas não foram longe, encontrando um lugar no telhado.

E-Z e o resto da equipa mantiveram-se firmes.

"De que é que eles estão à espera? Sam perguntou.

Charles disse: "Eles esperam que o seu fedor faça o trabalho por eles. Ele sorriu e todos riram. Todos menos Sobo, que se transformou de volta ao seu estado de coruja, e voou para o telhado ao lado de Brandy e Little Dorrit.

As Fúrias, que tinham uma excelente audição e que tinham um plano e tencionavam segui-lo, não gostaram de ser o alvo das piadas dos miúdos super-heróis e, uma a uma, levantaram voo. À medida que se aproximavam, o cheiro aumentava e as suas vestes negras esvoaçavam ao sabor da brisa.

"Apanha!" Lachie gritou, atirando pregadores de roupa a cada membro da equipa.

As bruxas, já não tão malcheirosas, voaram para mais perto, para que as crianças lá em baixo as pudessem ver com mais pormenor. Em pessoa, eram maiores do que a vida, literalmente, devido às cobras que deslizavam e escorregavam por todo o corpo. As serpentes que cuspiam línguas bifurcadas eram acompanhadas pelo som de chicotes a estalar, numa demonstração extraordinária de guerra psicológica.

Foi Meg, de acordo com o plano original, que quebrou o gelo, gritando: "Onde está o Eriel? Sabemos que o tens! Entrega-o a nós, AGORA.

O som agudo da sua voz gritante fez com que as crianças tapassem os ouvidos, enquanto objectos de vidro como candeeiros de rua, luzes de alpendre, janelas e até vidros de armários se estilhaçavam por quilómetros e quilómetros.

Quando teve a certeza de que Meg já não estava a falar (uma vez que a sua boca estava fechada), E-Z respondeu: "É onde os traidores são mantidos. Por isso agora podes rastejar de volta para o buraco de onde saíram!" E quando acabou de falar, o seu levantou-se do chão, seguido por Alfred, Sobo, Little Dorrit com Brandy Baby e Lachie a bordo.

"Este é o nosso território. Esta é a nossa gente - e tu não tens nada que fazer aqui. Na verdade, não tens nada que fazer aqui na Terra. Nunca tiveste. O teu lugar não é aqui", disse E-Z. "E estamos fartos da tua manipulação. Exageraste na tua mão. Abusaste dos teus poderes. És desprezível. E nós vamos fazer-te responder por isso."

"O que é que um rapazinho como tu nos vai fazer?" Tisi, que se tinha mudado para o lado de Meg, gritou: "atropela-nos?"

O seu riso estridente encheu o ar, fazendo com que o chão debaixo dos pés do resto da equipa se abrisse em fendas. Lia, Haruto, Charles e Sam amontoaram-se entre as brechas para se protegerem.

Meg juntou-se à brincadeira, dizendo: "Talvez o cisne nos faça cócegas até à morte? Claro que podemos depená-lo - e comê-lo ao almoço!".

Os membros da equipa que não voavam juntaram-se ainda mais. Haruto, que podia ter-se afastado, estava demasiado assustado para se mexer. Mantém-se afastado dos buracos abertos na terra que ameaçam engoli-los.

"E tu, pequenina," disse Alli a Lia. "Tentámos derreter-te ao sol. Dessa vez escapaste. Mas o que é que nos vais fazer agora? Vais olhar para nós com as tuas mãos e transformar-nos em estátuas?"

As Fúrias voltaram a gritar de riso, enquanto a terra por baixo delas se contraía, como se estivesse a tentar dar à luz alguma coisa.

"Agora estás aborrecida," disse Meg.

As outras duas irmãs estavam invulgarmente caladas, como se não soubessem qual deveria ser o seu próximo passo.

"Meg aproximou-se um pouco mais de E-Z, com as mãos nas ancas: "Estamos a perder o nosso tempo aqui! Não viemos para lutar contigo hoje. Não sem o nosso líder. Tudo o que queremos saber é: onde é que ele está? Deixa-o ir. Deixa-o ir - agora. E guardaremos a batalha para outro dia."

"Gostavas disso, não gostavas?" Gritou o Alfred.

O que fez com que Alli ficasse furiosa.

"Vem até mim, pequeno swanny swanny. O caldeirão está à tua espera - sua aberração de penas!"

"Ele é um cisne, não um ganso, idiota!" disse Brandy, enquanto conduzia Little Dorrit na sua direção.

E-Z, feliz com a distração, recebeu uma mensagem de PJ e Arden e fez um sinal de positivo a Haruto.

Haruto tornou-se invisível e correu mais do que depressa para o hospital, onde se encontrou com PJ e Arden, que já estavam dentro do jogo à espera. Agora, cada um deles fez uma morte. Quando Haruto chegou, fizeram mais duas mortes.

A cobiça das Fúrias por mais almas de crianças, enviou as suas essências para o jogo.

"Apanhámos-te!" gritaram as três deusas.

"Agora! gritou PJ, enquanto Arden carregava em SAVE to USB e, quando estava guardado, carregava em EJECT. Fecha o USB com fita adesiva e depois coloca-o num saco hermético.

"Leva isto para o E-Z!" disse Arden.

Haruto chegou ao chão, fez sinal à avó, que agarrou no USB com o bico e levou-o para o E-Z.

PJ enviou uma mensagem de texto. "As essências das Fúrias estão na USB".

E-Z colocou o USB em segurança no bolso das calças de ganga e, da próxima vez que olhou para As Fúrias, a visão nos óculos de Rafael tinha-se alterado. Os corpos das três irmãs estavam a desaparecer, mas as serpentes não. Foi então que percebeu qual era o seu calcanhar de Aquiles. "As cobras estão a mantê-las vivas!", gritou. "Temos de acabar com as cobras."

A Brandy já estava suficientemente perto para atingir a Alli. Infelizmente, também estava suficientemente perto para que a cobra da Alli a mordesse - o que aconteceu. Ela caiu e a Pequena Dorrit fugiu, mas já era tarde demais, a Brandy já estava morta.

"Tira-a daqui!" E-Z gritou e a Pequena Dorrit levantou voo para o céu a soluçar.

"Ela vai ficar bem", disse E-Z.

"Não penses assim", riu-se Alli. Não penses assim," riu-se Alli. "As nossas cobras não são deste mundo. Se fores mordido por uma destas, não importa os poderes que tenhas, eles não vão funcionar. Mas nós ficamos por aqui e esperamos, se quiseres? Depois, quando ela não voltar, mandamos o resto da tua equipa pelos ares!"

"Suas cabras!" exclamou E-Z.

Sobo entrou em ação, atacando e arrancando os olhos de cobra um a um e deixando-os cair no chão. Quando acabou com a Alli, atacou a Meg e depois a Tisi. Quando terminou a sua tarefa, a avó estava demasiado exausta para fazer outra coisa senão aterrar ao lado do seu neto e voltar à sua forma humana.

"Mas Sobo", disse Haruto, "eu também quero lutar".

"Deixa que eles façam o resto", disse ela. "Estou demasiado cansada para te carregar."

Sobo e Haruto viram o resto da equipa acabar com as cobras.

As Fúrias abriram as bocas e fecharam-nas novamente, mas nenhum som emanava delas. Para além de não terem voz e de se desvanecerem, os seus corpos tentavam manter-se à tona enquanto o sangue nas suas veias escorria.

A cadeira de rodas de E-Z movia-se por baixo deles, apanhando as gotas e misturando o sangue das Fúrias com as outras amostras que tinha recolhido.

"Estão mortos", confirmou E-Z, enquanto as vestes vazias das Fúrias flutuavam como fantasmas negros em direção ao chão.

Mas ainda não tinha acabado.

✳✳✳

ATRÁS DE E-Z, A onda de areia levantou a cabeça e, ao ver os olhos perfurados à sua volta - os olhos de todos os seus filhos - a mãe de todas as cobras ganhou vida lentamente.

Sam, que viu o movimento primeiro, gritou: "Cuidado, E-Z!" e quando não ouviu os seus apelos, Lia, Charles, Haruto e Sobo juntaram-se a ele.

Lachie ouviu os seus gritos e viu a serpente enquanto esta se dirigia para E-Z. Olha para os olhos da cobra e diz: "NÃO!

Por um segundo ou dois, a cobra-mãe parou de se mexer, e parecia que tinha ouvido e entendido a ordem de Lachie, depois ele viu um brilho nos olhos dela. "Baixa-te, E-Z!", gritou ele, enquanto Baby abria a boca e disparava fogo na direção de E-Z e da cobra-mãe.

O cabelo de E-Z estava a arder e ele apagou-o, depois a sua cadeira caiu no chão.

O Bebé continuou a cuspir fogo na cobra-mãe gigante até esta ficar completamente queimada. Em vez do fedor que as Fúrias exalavam, o ar estava agora cheio de um cheiro a frango, como o que se encontra em qualquer churrasco de quintal.

"Obrigado, Bebé, e a todos", disse E-Z, enquanto passava os dedos pelo meio do cabelo. Tinha tirado a parte das cerdas.

"Volta a crescer", disse Sam, enquanto o chão debaixo dos seus pés começava novamente a

RUMOR

E ROUBA

A cadeira de rodas de E-Z levantou-se do chão por vontade própria e começou a chover gotas de sangue nas crateras que se tinham aberto no chão.

"O que é que está a acontecer?" pergunta Alfred.

Debaixo dele, a sua cadeira de rodas continuava a sangrar, enquanto o levava de um lado para o outro. "Uma gotinha aqui e outra ali", recita mentalmente. No chão, a sua equipa dizia as mesmas palavras que ele, "uma gotinha aqui e uma gotinha ali", e depois, em conjunto, terminavam o poema, "uma gotinha, em todo o lado", e começavam tudo de novo. Abana a cabeça... estariam todos a ler-lhe o pensamento?

Sob os seus pés, a terra continua.

RUMBANDO

RUMBANDO.

CONVULSIONA.

CONTRAI-SE.

Lia levantou-se do chão, abrindo os braços ao máximo, com a cabeça inclinada para trás e os olhos postos no céu. E, por cima dela, o céu abriu-se. Começou a chover, mas quando chegou ao chão, as manchas eram vermelhas. O céu chorava lágrimas de sangue, enquanto Lia se balançava e se contorcia no ar como uma marioneta sem cordas.

Os outros, sem contar com Baby e Lachie, correram para o alpendre para escapar à chuva sangrenta, sem poderem fazer nada contra Lia, que continuava suspensa e em transe.

"Nós certificamo-nos de que ela não cai", disse E-Z, "os restantes protegem-se".

PUXA.

EMPURRA.

Depois, ouve um relâmpago.

Seguido de um trovão.

Quando o arcanjo Miguel atravessou a barreira e voou para baixo até estar perto de E-Z.

"Sei que tens a situação sob controlo", disse Miguel.

"Sim, as essências das Fúrias estão nesta USB."

"Atira-a para mim", disse o Michael.

Como se estivesse a atirar uma bola de basebol para a segunda base, E-Z disparou a USB na direção de Michael, que estendeu a mão, apanhou-a e envolveu-a em gelo. "Eu, Eriel, vou ter companhia", disse Michael. "Vais ficar no gelo para o resto da eternidade. Oh, e já agora, muito bem, pessoal!" Depois, tão depressa como tinha vindo, voa para longe.

"E a Lia? E-Z gritou, mas Michael não respondeu.

A terra começou a pulsar e a torcer-se, apesar de as Fúrias já não estarem nela, e o sangue já não fluía do céu ou da sua cadeira de rodas.

Lia continuava a flutuar com os olhos dirigidos para o céu, enquanto este se transformava de lágrimas de sangue em azul, e debaixo dos seus pés as crateras da terra se curavam com relva, árvores e flores.

Depois tudo ficou em silêncio, enquanto Lia, ainda em transe, flutuava de volta para o chão. Prostrada no chão, com os braços ainda bem abertos, sente a relva nas costas e sorri de cansaço, enquanto diminui de tamanho e volta à sua verdadeira idade, que era nove anos e meio.

"Estás bem?" perguntou E-Z, enquanto a raposa, o gaio-azul, o guaxinim, o cardeal e o veado se juntavam à tua volta.

Lia abre os olhos e consegue ver com eles. Olha para as suas mãos e elas estão como dantes.

"Estou bem", disse ela, enquanto Lachie a ajudava a levantar-se.

Sam reparou imediatamente que as roupas da filha já não lhe serviam. Tirou a sua capa de super-herói e enrolou-a à volta dos ombros dela.

"Obrigada, pai", disse Lia.

Era a primeira vez que ela lhe chamava isso e ele nunca se sentiu tão orgulhoso, enquanto uma lágrima lhe corria pela face.

✳✳✳

O AZUL DO CÉU parecia mais brilhante, como se as estrelas piscassem os olhos apesar de ser dia, e a relva no chão parecia dançar sob os raios de sol como se contivesse orvalho de diamante.

Nem E-Z nem nenhum membro da sua equipa conseguia falar. Ninguém queria quebrar o silêncio ou perturbar a beleza de que eram testemunhas.

SUSSURRA.

SUSSURRA, SUSSURRA.

SUSSURRA SUSSURROS SUSSURRADOS.

As folhas, soprando ao vento. Faz um som semelhante ao humano. Mas não era o vento, era a voz de crianças de todo o mundo a renascer.

Aquelas que tinham sido levadas pelas Fúrias, empurraram os seus corpos para fora da terra e descobriram que as suas vozes tinham regressado.

As crianças reaprenderam a andar, a correr ou a gatinhar, e os seus gritos ecoaram por todo o mundo:

"Quero a minha mamã!", gritavam os corpos renascidos, mas sem alma, das crianças.

"Quero o meu papá!", gritavam as crianças ressuscitadas a uma só voz:

"QUERO O MEU PAPÁ!", GRITAVAM A UMA SÓ VOZ.

"UÁ, UÁ, UÁ!"

"UÁ, UÁ, UÁ!"

Os pequenos sem alma moviam-se para as margens, viajando para lugares, os seus movimentos mais rápidos do que a velocidade da luz, enquanto continuavam a gemer:

"Quero a minha mamã!"

"Quero o meu papá!"

"QUERO O MEU PAPÁ!"

"QUERO O MEU PAPÁ!"

"QUERO O MEU PAPÁ!"

No Vale da Morte, onde os Apanhadores de Almas eram guardados e armazenados,

POP

POP

As portas abriram-se, como braços, e as almas saíram, à procura dos corpos em que ainda deviam estar e seguiram os gritos das crianças.

"Quero a minha mamã!"

"Eu quero o meu papá!"

"UÁ, UÁ, UÁ!"

"QUERO O MEU PAPÁ!"

"UÁ, UÁ, UÁ!"

As almas voavam de criança em criança. Procura a casa a que pertence. Era como ver crianças a jogar um jogo de apanhada, à medida que cada alma se aproximava e entrava no corpo em que tinha nascido. Quando as almas e os corpos se tornaram num só.

SHHHHHHH.

Por um momento, os mais pequenos voltaram a ser crianças felizes e sons de alegria encheram o ar.

De volta ao Vale da Morte, Hadz e Reiki redireccionaram as almas sem abrigo de todo o mundo que estavam escondidas porque não tinham nenhum Apanhador de Almas. Uma a uma, as almas entraram e a terra começou a curar-se.

A Samantha saiu de casa, carregando os seus bebés Jack e Jill nos braços enquanto cantava suavemente para eles: "Calma, bebezinho, não chores".

POP.

POP.

Hadz e Reiki aparecem: "Conseguimos!"

E-Z e a sua equipa abraçaram-se uns aos outros. Choraram, riram-se. Depois voltaram a chorar, pela perda de um dos seus. Pela perda de um dos seus: Brandy.

O telemóvel da Lia tocou. Era uma mensagem da Brandy: "Cheguei ao centro comercial - outra vez! Espero que estejam todos bem e que tenhamos vencido aquelas bruxas!"

"A Brandy está viva!" Lia explicou, e depois respondeu: "Conseguimos mesmo! Depois conto-te os pormenores".

"AHRHHRGHHH!" Charles Dickens gritou. O seu corpo tremia e tremia. Quando parou, estava em transe, com um olhar inexpressivo no rosto e as palmas das mãos estendidas para cima.

"Ele está a ficar com os olhos da minha mão?" perguntou Lia.

Quando um livro - o maior volume de capa dura que alguma vez tinham visto - caiu do céu e aterrou nos braços de Charles, a sua força quase o fez cair de pé. Charles se firmou, enquanto o enorme livro se abria, virando suas próprias páginas até que uma voz de dentro do livro soou:

"Eu sou o Diário de Viagens de Mundos Alternados."

Embora a voz viesse do interior do livro, os lábios de Charles Dickens moviam-se em sincronia com cada palavra, enquanto, ao fundo, os gritos das crianças continuavam a soar:

"UÁ, UÁ, UÁ!"

"UÁ, UÁ, UÁ!"

"UÁ, UÁ, UÁ!"

"Quero a minha mamã!"

"Quero o meu papá!"

"QUERO A MINHA MAMÃ!" "QUERO O MEU PAPÁ!"

"QUERO O MEU PAPÁ!"

"QUERO O MEU PAPÁ!"

"Tenho fome!"

"Tenho sede!"

As crianças que viviam mais perto da casa de E-Z, marcharam lado a lado em direção a ela.

"Ouve-me agora!" O Viajante dos Mundos Alternativos solilóquio.

"Esta é uma oferta única.

Se fores escolhido, tens de escolher.

Só uma vez, ganhes ou percas.

Não deixes escapar esta oportunidade.

Porque não voltará a acontecer, em nenhum outro dia."

As páginas viraram para a frente e depois para trás. Avança e volta. O folhear parou num capítulo. Um capítulo intitulado Alfred. E havia fotografias dele, com a sua família. Todos mais velhos. Todos saudáveis e bem. Já não era Alfred, o cisne trombeteiro das fotografias. Era Alfred o pai, o marido, o homem.

Com lágrimas nos olhos, Alfred olhou para E-Z. O olhar que partilharam entre si dizia tudo. Ele tinha de ir embora. E-Z acenou com a cabeça.

Depois Alfred virou-se para Lia. Ela também acenou com a cabeça, sabendo que ele tinha de ir.

Alfred, o cisne trombeteiro, entrou no capítulo com o seu nome e transformou-se de novo num homem. E, de dentro das páginas de O Diário de Viagem dos Mundos Alternados, acena aos seus amigos.

Agora, as páginas do Diário de Viagens de Mundos Alternados voltaram ao início do livro. As páginas foram-se baralhando, uma e outra vez, para a frente e para trás, para trás e para a frente, acabando por parar num novo capítulo. Um capítulo com o nome de Lachie.

Na fotografia, Lachie era um bebé. Os pais estavam a levá-lo do hospital para casa. O bebé da fotografia usava uma pulseira do hospital que revelava que o verdadeiro nome de Lachie era Andrew.

"Não, obrigado", disse Lachie. "O bebé e eu vamos para casa em breve."

O Alternate Worlds Travelogue fechou-se com tanta força que Charles quase caiu. Recupera, e momentos depois o livro voltou a folhear. Volta para trás, para a frente. Baralha as páginas como um baralho de cartas até chegar ao capítulo chamado Haruto. Na fotografia, está com a mãe e o pai.

"Não, obrigado", disse Haruto imediatamente. Pegou na mão de Sobo e disse a Lachie: "Importas-te de nos deixar no Japão a caminho de casa?

Lachie acenou com a cabeça: "Fico feliz pela tua companhia."

Desta vez, as chamas saíram do livro antes de este se fechar, e Charles quase o deixou cair.

Os gritos sem resposta das crianças continuaram, ficando mais altos à medida que se aproximavam da casa de E-Z:

"Quero a minha mamã!"

"Quero o meu papá!"

"Tenho fome!"

"Tenho sede!"

"ESPERA, ESPERA, ESPERA!"

"ESPERA, ESPERA, ESPERA!"

"NÃO TE PREOCUPES!"

Charles fechou os olhos.

"Já estás assim? perguntou E-Z.

"E nós? pergunta Lia.

Os braços de Charles começaram a tremer. Como se o peso do livro estivesse a pressionar os seus braços. Depois o livro fechou-se, com uma intensidade tal que ele tropeçou para a frente e sentou-se. Cruza uma perna sobre a outra, e encosta o livro ao peito.

Voltou a abrir-se, tal como os olhos de Carlos, e mais uma vez as páginas se moveram, como ervas marinhas no fundo do mar. Volta a fechar-se. Depois vira-se de costas. No centro do livro, aparece uma moldura. Primeiro, estava vazia, como se estivesse à espera de alguma coisa. Depois, cintila e começa um filme.

Já tinha começado um jogo de basebol no Dodger Stadium. Os Dodgers estavam a jogar contra os Brewers. E E-Z Dickens era o apanhador. Estava atrás do prato e jogava como um profissional. Nas bancadas estavam os seus pais, mesmo por cima do banco de suplentes, a torcer por ele.

PAUSA NA TERRA.

Durante alguns segundos, a luz do sol foi bloqueada quando Ophaniel irrompeu no céu e se dirigiu para eles.

"E-Z, só te queria dizer, antes de tomares a tua decisão, que tudo o que decidires fazer, ou não fazer, terá consequências para os outros."

"Como por exemplo?", perguntou ele, sem tirar os olhos da versão emoldurada de si próprio e dos seus pais, apesar de já não se moverem nela.

"Pensa no acidente... o que é que não teria acontecido, no mundo, se os teus pais nunca tivessem morrido? Se nunca tivesses perdido o uso das tuas pernas?"

Ele olhou na direção do seu tio Sam, depois para Samantha, Lia e as gémeas. Sem o acidente, nenhum deles se teria conhecido. Os gémeos nunca teriam nascido.

"Se eu decidir ir viver o meu sonho, o que é que vai acontecer aqui?

"É um risco que terias de correr e uma resposta que não te posso dar. Mas uma coisa eu sei, tu és o catalisador e a cola."

"Está bem, obrigado por me dizeres."

TERRA RETOMADA

Ophaniel foi-se embora.

"Não, obrigado", disse E-Z.

Vê como ele e os seus pais se desvanecem. O ecrã ficou em branco. A moldura desapareceu e o livro começou a subir. Sobe, sobe, sai dos braços de Charles.

Charles ficou de pé como se ainda o estivesse a segurar. Olha para a frente, para o nada.

Quando estava muito acima deles, o livro incendiou-se. Ardeu e criou um fedor antes que os seus restos fossem suficientemente pequenos para serem levantados pelo vento. E o Diário de Viagens de Mundos Alternados deixou de existir.

Charles voltou a si quando as crianças chegaram em massa à rua de E-Z.

"Quero a minha mamã!"

"Quero o meu papá!"

"Tenho fome!"

"Tenho sede!"

"UAU, UAU, UAU!"

"ESPERA, ESPERA, ESPERA!"

"NÃO TE PREOCUPES!"

"Posso contar-lhes uma história?" perguntou Charles.

"Não faz mal nenhum", disse Lia.

Charles começou a contar a história de Os Três Pedregulhos. As crianças pararam de se mexer, pararam de chorar enquanto se agarravam a cada uma das suas palavras - até que ele parou abruptamente.

"Oh, que chatice!", grita ele, apercebendo-se de que cada pedaço dele se desvanece como se a terra tivesse dificuldade em transmitir o seu sinal.

"Espera! disse E-Z. "Tens algum conselho para um colega escritor?

"Há livros em que as costas e as capas são as melhores partes - não deixes que o teu seja um desses. Vou ter saudades tuas!"

Há quem diga que, nesse preciso momento, um raio de luz desceu, levantou-o do chão e levou Charles

Dickens para o céu. Outros dizem que ele partiu no Little Dorrit e que nunca mais foram vistos. Tudo o que sabiam com certeza era que Charles Dickens os tinha deixado nesse dia e nunca mais foi visto.

"UÁ, UÁ, UÁ!"

"WAH, WAH, WAH!"

"WAH, WAH, WAH!"

FOGUETE POP

Chegou um Apanhador de Almas. Abre a porta e lança foguetes para o ar.

Alguns bebés assustam-se com o barulho e outros adoram-no, mas em todos os casos param de chorar.

Enquanto dispara cores para o ar, eles fundem-se para dizer o seguinte:

SAI, SAI, SAI

ONDE QUER QUE ESTEJAS!

"O que é que ele quer? pergunta E-Z. "Ou devo dizer, QUEM é que ele quer?"

"És eu?" Pergunta ao Sobo.

"Não, é para mim", disse uma voz atrás deles. Era a voz de Rosalie.

Todos se viram para alguma coisa, esperando ver um fantasma ou um espírito, mas o que viram não era nenhuma dessas duas coisas. Era a essência de Rosalie... era tudo o que sabiam.

"Adeus, querida Rosalie!" Sobo chamou-te.

Foi uma despedida e tanto para a essência da querida Rosalie, com E-Z e a sua equipa a gritar, a acenar, a atirar beijos e a aplaudir. Foi uma verdadeira celebração de tudo o que ela significava para eles, enquanto os seus queridos amigos entravam no seu Apanhador de Almas e este voava para longe.

Agora que Charles se tinha ido embora, as crianças voltaram aos seus gritos,

"UAU, UAU, UAU!"

"UÁ, UÁ, UÁ!"

"UÁ, UÁ, UÁ!"

No fundo, ouve um novo som. O som de pés, muitos pés, a correr - depressa.

À medida que corriam para a rua do E-Z, as mamãs e os papás e as crianças reuniam-se com os seus entes queridos, e esta reunificação ocorria por toda a Terra.

"Bravo!" disse E-Z à sua equipa.

Acenaram adeus enquanto Lachie, Baby, Haruto e Sobo voavam para longe.

Agora só restam E-Z e Lia.

ZAP!

Chega o primeiro Poppet.

E TU, BONJOUR!

Seguido de François.

"Ah, chegámos tarde demais", diz ele. "Perdemos tudo!

De dentro da casa, ouvem-se os gritos da Samantha. "Oh não, está a acontecer alguma coisa com os bebés!"

Todos correm para dentro de casa, para o berçário dos bebés. O Jack e a Jill estavam a dormir profundamente.

Sam abraça a sua mulher. "Parece-me que estão bem", sussurrou.

"Mas eles não estão bem! disse a Samantha.

"Não te preocupes, Sam disse.

"Também me parecem bem", disse E-Z.

"Espera só", diz a Samantha. "Espera e vais ver. Eu não teria gritado a não ser que...", ela cambaleou e cambaleou como se pudesse cair.

Todos observaram e esperaram. Nada aconteceu durante dez, quinze, vinte, ou mesmo trinta minutos.

Então, de repente, algo aconteceu.

Uma luz amarela e uma luz verde emanam dos pequenos corpos de Jack e Jill.

"Hadz? Reiki?" exclamou E-Z.

POP.

POP.

O Jack e a Jill sentaram-se, como os bebés mais velhos seriam capazes de fazer. O que Jack e Jill ainda não conseguem fazer.

A Samantha desmaiou, enquanto o Sam a agarrava.

"Que raio estão vocês os dois a fazer? exigiu E-Z. "Sai daí - agora!"

Hadz disse: "Como recompensa, pedimos para sermos humanos."

"Reiki disse: "E nós precisávamos de corpos."

"Oh irmão", disse E-Z, quando bateram à porta da frente.

"Tens alguém em casa?" PJ e Arden perguntaram.

EPÍLOGO

E-Z ESCREVEU AS PALAVRAS: O FIM. Satisfeito com o facto de ter completado uma série de quatro livros, fecha o portátil.

"Despacha-te, E-Z!", grita um homem atrás dele.

E-Z tira a máscara de apanhador e dá uma vista de olhos. Estava atrás do prato, a apanhar para os Los Angeles Dodgers. O árbitro estava a escovar a placa. Levanta-se e dirige-se para o banco de suplentes, já que foi o último jogador a sair do campo.

Reconhece alguns dos jogadores, enquanto se desloca ao longo do banco de suplentes, seguindo-os de perto.

Passa os dedos pelo cabelo, que era todo loiro. Estava mais curto e cortado mais rente do que alguma vez tinha estado. E estava mais alto, definitivamente com mais de 1,80m.

Que raio se passa? Estaria a dormir? Belisca-se. Doeu.

"Estás no convés, E-Z!", gritou o treinador de batedores.

Encontra um monitor e olha para o seu reflexo. Olha para si próprio, como se fosse um estranho.

"Terra para E-Z", disse o treinador.

"Desculpa, treinador", disse E-Z, enquanto se dirigia para o hangar de equipamento do banco de suplentes. O seu taco estava etiquetado, tal como todo o resto do seu equipamento. Veste-o e entra no círculo do convés.

Ajustou as cotoveleiras e preparou-se para o primeiro lançamento. Juntamente com o seu colega de equipa na base, deu algumas tacadas de treino. Enquanto esperava, um movimento nas bancadas atrás do banco de suplentes chamou-lhe a atenção. A tua mãe e o teu pai.

"Vai, apanha-os, filho!", gritou o pai.

Ele acenou aos pais com o polegar para cima e depois viu o seu colega de equipa bater uma bola e chegar em segurança à primeira base.

E-Z entrou na caixa de batedores, pediu tempo, voltou a sair e respirou fundo algumas vezes.

Recompõe-te, disse a si próprio. Não quero desiludir a equipa. Concentra-te. Concentra-te.

Levanta o braço para avisar o árbitro que estava pronto, depois volta para a base.

"Anda lá, E-Z!", disse a mãe.

Concentra-te e vê o primeiro lançamento a passar. Provavelmente a mais de 160 quilómetros por hora. Prepara-se para o segundo lançamento. Bateu e falhou. O seu colega de equipa roubou uma base e aterrou em segurança na segunda base.

Não estás preparado. Não estou preparado. Tenho de acordar. Tenho de acordar - AGORA.

O segundo lançamento passou a voar. Bateu, mas não acertou. O terceiro lançamento veio, e ele acertou. Vê o seu colega de equipa a tentar chegar à terceira base, mas é expulso. Quase conseguiu chegar a tempo à primeira base, mas a outra equipa fez uma jogada dupla. Com dois fora, voltou para o banco de suplentes para vestir o equipamento de captura.

"Para a próxima apanhas!", disse o pai.

Apesar de não ter conseguido chegar à base, estava no seu sonho. A viver o seu sonho. Mas como? Recusara a oferta do Diário de Viagens de Mundos Alternativos.

Tira-me daqui! Não quero que fiques assim! Onde está o Tio Sam? Onde está a Lia? Onde estão os gémeos?

A sua cabeça encheu-se de gargalhadas enquanto ele caía no chão e continuava a cair. Até que aterra com um baque num chão de madeira, numa cabana ou numa barraca. Poucos segundos depois de ter aterrado, a cabana ardeu em chamas.

Do outro lado da sala estava sentada uma menina. Ao princípio, pensa que é a Lia, mas esta menina tem cabelo ruivo. Tentou acordá-la, mas ela não se mexeu.

Atrás dele, a porta da frente foi arrancada das dobradiças. Entra uma figura sombria e encapuzada, acompanhada por outra figura mais baixa e encapuzada. Entre os dois, carregam a rapariga para fora.

"Ajuda-me!", grita ele.

"Ajuda-te a ti próprio!", diz uma voz de mulher, a mais alta das duas figuras, enquanto as paredes começam a cair à sua volta.

Estava de volta ao estádio, de costas no chão, olhando para os olhos dos seus pais.

"Vais ficar bem", diziam eles.

Agradecimentos

Bem, chegámos ao fim da série E-Z Dickens. Espero que tenhas gostado de a ler tanto quanto eu gostei de a escrever.

Uma vez que tens estado comigo ao longo desta série, o meu último OBRIGADO é para ti, meus leitores. És fantástico!

Como sempre, boa leitura!

Cathy

Sobre o autor

Cathy McGough vive e escreve em
Ontário, Canadá, com o marido, o filho, os dois gatos
e um cão.
Se quiseres enviar um e-mail à Cathy,
podes contactá-la aqui:
cathy@cathymcgough.com

.

A Cathy gosta de saber o que os seus
dos seus leitores.

Também por:

NÃO FICÇÃO

103 ideias de angariação de fundos para pais voluntários com

Escolas e Equipas (3° LUGAR MELHOR REFERÊNCIA 2016 EDITORA METAMORPH)

FICÇÃO

Entrevistas com escritores lendários do além (2° LUGAR MELHOR LITERÁRIO 2016 EDIÇÃO METAMÓRFICA)

Treze contos